Xita Rubert

Die Unordentlichen

Roman

Aus dem Spanischen von
Friederike von Criegern

BERENBERG

I

Wir hatten uns ein wenig verspätet, aber dort erwarteten sie uns, Sonya und Andrew Kopp, wie angewurzelt an der Hoteltür und halb erfroren. Sie umschlang mit beiden Armen ihren Bauch und wärmte sich so unter ihrem Mantel; sie hatte wohl angenommen, vermute ich, dass auch der Norden der Halbinsel karibisch sein würde und nicht blau, violett, britisch wie sie selbst, wie Sonya Kopp.

Die Sonne war schon vor einer Weile untergegangen, ich hatte sie durch das Flugzeugfenster verschwinden sehen. Es war zwar noch nicht besonders spät, aber Februar, Dunkelheit und Nebel hatten sich verbündet, abschreckend, und die Laternen beleuchteten nicht die Gesichter der Kopps. Nur seine knochige Glatze. Ihr bleiches, kurzes Haar. Das Licht wurde von Weißem zurückgeworfen, von sonst nichts.

Und dennoch sah ich es gleich. Ich sah, auf welche Weise Sonya meine Gegenwart zur Kenntnis nahm, als wir aus dem Taxi stiegen und näherkamen. Sie sah mich an, ohne mich vollständig zu erfassen, als wären meine Umrisse nicht klar definiert, als wäre mein Körper durchscheinend und geisterhaft, als wäre ich *entbehrlich* für ihre selektive Wahrnehmung in jenem Moment, zu jener Zeit, mit den vom Himmel herabgesunkenen Wolken und den Laternen, die nur das Weiße beleuchteten. Andrew kam durch das Grau auf mich zugestürzt. Er umarmte mich. Währenddessen empfing Sonya zwei Küsschen von meinem Vater, ein bisschen wie eine Pflichtübung: Sie schien sie zu erdulden, diesen für ihre Verhältnisse wohl übertriebenen Körperkontakt. Während dieser Tage schien sie alles als Zumutung zu empfinden, selbst den Blickkontakt, wenn man mit ihr sprach, die schiere Anwesenheit anderer. Ich fragte mich, was sie für sich selbst getan hätte, aus freien Stücken, ohne hochgradiges Unwohlsein oder ein Gesicht wie drei Tage Regenwetter. Was machte sie, wenn sie allein war, ohne Andrew, oder an hellen Sommertagen, wenn sich das eigene Leben vor aller Augen abspielt. Ich habe sie nie alleine getroffen, oder in einer anderen Jahreszeit als im Winter, und das war Teil des Problems.

Diese ersten Erinnerungen sollten keinen falschen Eindruck erwecken: Ich empfand Sonya gegenüber keinerlei Feindseligkeit. Im Gegenteil, ihre disziplinierte Haltung verlangte mir Respekt ab, hatte mich mein Vater doch dazu erzogen – abgerichtet –, *immer freundlich* zu sein: zu Unbekannten, zu fremdartigen und phantasmagorischen Wesen, vor denen mir graute, zu Schmarotzern. Außerdem tat Sonya gut daran, meinen Vater nicht zu umarmen, kaum seine Wangen zu berühren, als sie ihn küsste: Ich konnte mich nicht erinnern, wann er zuletzt geduscht hatte. Er hatte sich geweigert, es vor unserer Abfahrt zum Flughafen zu tun, und wie immer geltend gemacht, duschen schädige die Schutzschicht der Epidermis.

Ich hatte bemerkt die Epidermis sei doch die Schutzschicht der Haut, die äußere. Eine Antwort bekam ich nicht. Seinen Augen sah ich an, dass er wegen meiner Angewohnheit Mitleid mit mir hatte: ich duschte. Von Madrid aus waren wir, sauber und schmutzig, in den Norden Spaniens gereist – in eine Stadt, die ich nicht nennen werde –, um uns dort mit den Kopps zu treffen.

»Sonya, Darling, das ist Virginia. Juans Tochter. Endlich lernt ihr euch kennen.«

»Virginia«, wiederholte Sonya in Andrews Tonfall, sie weigerte sich, meinen Namen in ihr Repertoire spanischer Wörter aufzunehmen. »Was für eine Freude, hallo.«

Sie sah mir nicht in die Augen, denn sie musterte mein Haar, meine leicht ausgeschnittene Bluse, meine Jeans mit Schlag, die in der Taille drückte und einschnitt; meine Hüften waren merklich gewachsen, ich quetschte sie aber weiter in Kleider, die nicht mehr meine Größe hatten. Ich war siebzehn Jahre alt und all meine Schulfreundinnen machten das Gleiche, wir trugen dieselben Sachen wie mit fünfzehn. Später, in derselben Nacht, dachte ich darüber nach, was ihr unverhohlenes Mustern meiner Aufmachung zu bedeuten hatte, wo mich Sonya doch wenige Augenblicke zuvor noch aufs Schönste ignoriert hatte. Sie betrachtete mich, als sie es dann tat, als wäre ich ein einziger Fehler, und nicht nur eine Jugendliche, die für eine Reise unpassend und unbequem gekleidet war. Als könnte ich eine Katastrophe auslösen oder als wäre meine Existenz an sich – von der sie zweifellos vorher schon Kenntnis genommen hatte, auch wenn sie das Gegenteil vorgab – eine große Gefahr.

Eine Gefahr für wen? Sonya, manchmal denke und schreibe ich nur für dich, und nicht *über dich* oder *über das*, was an jenen

Tagen geschah, die ich mit euch verbrachte, den Kopps. Sogar euren Nachnamen habe ich verändert, nicht etwa damit euch niemand findet, sondern um selbst widersprüchliche Bilder und widerstreitende Gefühle loszuwerden – vergebens. Ich werde mich immer an das Geschehene erinnern – und es verfälschen. Zum Teil, um mich selbst zu bestrafen, und zum Teil, weil mich die Wahrheit nicht wirklich interessiert: Die Wahrheit zu wollen, das hieße die Niederlage anzuerkennen, mich daran zu erinnern, dass ich kämpfte, verlor und vorgab, es nicht zu merken. Weder die Wahrheit noch die Erinnerung. Ich würde dich allerdings gerne wiedersehen. Und dich, wie es dein Sohn, der Bildhauer, machen würde, mit Gips überziehen. Der Rest würde sich bewegen und weiterkommen wie menschliche Wesen, nicht wie Statuen, aber ich halte mich lieber an dich: weiß, unbeweglich, feindlich.

Bis dahin hatte ich Sonyas Feindseligkeit – als reifer Ernst, senile Ungerührtheit verkleidet – nur bei einigen *Männern* erlebt. Bei Männern, für die ein einziges Wort, eine Bewegung oder eine Entscheidung von mir unumkehrbare Folgen gehabt hätte, Kummer und Schmerz, die ich, jung und schlüpfrig, nicht mehr erleben würde, auch wenn ich sie »provoziert« hätte. Als wäre nicht jeder Mann selbst dafür verantwortlich, worauf er seine Hoffnungen setzt, welchem frivolen und kindlichen Wesen er sein Herz schenkt, welche Projektionen und Phantasien er hegt, verbirgt, und als hätte er dann, wenn das Ereignis oder die vorgestellte Geliebte sich als Schimäre herausstellen, das Recht, jemand anderen als sich selbst zu beschuldigen – zu bestrafen. Als wäre es die Schuld der Träume und der Kinder, dich flüchtig umarmt zu haben und das Weite zu suchen.

Vielleicht war Andrew Kopp einer dieser Männer. Mit gerade mal siebzehn Jahren war es für mich bereits notwendig geworden, die erwachsenen Männer in generische Subtypen einzuteilen, eine mehr der Erforschung denn der Berührung würdige Spezies; sie zu manipulieren, das war möglich, denn das kann man von Weitem tun, in aller Unschuld, mit dem Geist, mit dem Blick, der vorgibt, unschuldig, unwissend, rein zu sein. Fast alle Freunde meines Vaters gehörten, ganz klar, zu »diesen Männern«. Mit seinen winzigen, unter Fältchen und Lidern versunkenen Augen, die hinter Brillengläsern versteckt waren, die sie noch winziger wirken ließen, sah mich Andrew ehrlich verwundert an, als wäre ich von einem anderen Stern, oder als hätte er erwartet, wieder auf das zehnjährige Mädchen zu treffen, das er zuletzt in Madrid gesehen hatte, oder als wäre die körperliche Entwicklung der menschlichen Spezies – und der menschlichen *Frau* – etwas Unerhörtes: ein Wunder und wie jedes Wunder unerträglich. Er kommentierte etwas von wegen meine »überraschende Erscheinung«; zwar erinnere ich mich nicht mehr, was genau, aber ich muss mich so geschämt haben, dass ich den Wortlaut ausgeblendet habe. Sonya tätschelte ihm nervös den Rücken, lachte und bat ihn, »das arme Mädchen« loszulassen.

»Sie ist doch gar kein Mädchen mehr! Sieh sie dir an!«

Andrews Beharren war ein bisschen lächerlich, und Papá lachte – wie ich – über das Lächerliche. Mehr noch, ich verspürte auch eine gewisse Freude. Was für eine überschwängliche Begrüßung in dieser leergefegten, kalten Gasse: Überraschende Gegensätze amüsierten uns auch. Und selbst wenn es wohl stimmt, dass mein Vater einige perverse Freunde hatte – vor allem die »humanistischen« Akademiker und die Ärzte in »humanitären«

Missionen –, war Andrew nicht hundertprozentig einer davon, und es wäre ungerecht, ihn so darzustellen. Andrew war eine Mischung aus verschiedenen Dingen, und wenn sein Verhalten auch merkwürdig und unvorhersehbar war, so war es doch auch harmlos. Er hatte österreichische Wurzeln, war aber aus irgendeinem Grund – sein Vater war Diplomat, meine ich mich zu erinnern, aber vielleicht ist es eine erfundene Erinnerung – in Ägypten aufgewachsen. Ein extravaganter Herr, und nach vielen Jahren in England englischer als jeder Engländer. Genauer gesagt besaß Andrew alle Qualitäten der Briten ohne jenes viktorianische Gebaren, das sie zu steifen, unterdrückten Wesen macht. Sonya war selbstverständlich Engländerin, bestätigte allerdings keines dieser Vorurteile.

Nach ein bisschen Smalltalk in der Empfangshalle des Hotels zogen wir uns zurück, die Kopps und wir. Die Begegnung mit Sonya hatte mir nicht behagt, ich bekam ihren kurzen Schopf und ihre Augen, bleich wie dieser, nicht aus dem Kopf. Als wir uns im Zimmer eingerichtet hatten, fragte ich meinen Vater und hoffte, er würde mir von ihr erzählen. Aber er redete von Andrew, und ich mochte nicht nachhaken.

»Wir kennen uns aus Wiener Zeiten, du warst noch nicht geboren, ich hatte noch nicht einmal deine Mutter kennengelernt. Andrew hat ja damals auch an der Uni unterrichtet. Das war so Ende der Achtziger, Anfang der Neunziger. Er konnte seine Kollegen nicht ausstehen, und wie du dir vorstellen kannst, passte ich auch nicht recht in mein Institut. Wir lernten uns aber nicht auf den Fluren der Uni kennen, sondern abseits des Campus in einer Cafeteria, wohin wir gingen, um zu arbeiten, denn wir beide machten um unsere Büros am liebsten einen weiten

Bogen. Die Cafeteria war voller Schnitzel essender Schulkinder, dazwischen er und ich. Ich erinnere mich noch an das Hämmern der Schnitzelklopfer auf das Fleisch, die man aus der Küche hörte, *bumm, bumm, bumm*. Und wie sehr wir die Gesellschaft der dreizehn, vierzehn, fünfzehn Jahre alten Jungs genossen, die so ganz anders waren als die prätentiösen Studenten, die unsere Kurse besuchten, und die Dinosaurier von Kollegen. Wie es im Gedicht von Guillén so schön heißt: ›En el cielo las estrellas / A mi entorno, los colegas; Am Himmel die Sterne / um mich herum die Kollegen.‹ Diese Cafeteria war unser Refugium vor den Kollegen, und letztendlich ging es uns da großartig, uns beiden. Und ja, ich gebe freimütig zu, auch den jungen Österreicherinnen konnte man ohne weiteres stundenlang zusehen, sinnlich durchaus inspirierend ...«

Er sah mich ohne Scham an, mit aufgerissenen Augen, sein freundlicher Mund unentschlossen, ob er lachen sollte oder nicht. Ich lachte zuerst. Mir gefiel diese Art, anstelle von langen und wohl überlegten Erklärungen Gedanken in Verse einzukapseln. Manchmal danebenzuliegen. Nicht immer das Korrekte, das Moralische, sondern das Unmittelbare zu sagen: das Empfundene, ohne Zensur. Ich teilte seine unverhohlene Freude. Mit ihm hatte ich immer Spaß, und darum hatte ich ihn auch zur Verleihung was weiß ich für eines Wissenschaftspreises begleitet, mit dem sie Andrew Kopp in Spanien auszeichnen würden. Oft fragte er mich, ob ich ihn zu dieser oder jener Zeremonie, Theateraufführung, Verleihung von irgendetwas begleiten würde, auch wenn die Veranstaltung von zweifelhaftem Interesse war. Dort traf er sich immer mit seinen Freunden, aber nachdem wir uns in den gesellschaftlichen Tanz aus unerwartetem Grüßen und Blicken voller Zuneigung geworfen hatten, saßen er und ich am Ende allein in irgendeinem Winkel und mieden die Gruppen, die sich mit dem Fortschreiten des Abends bildeten und wieder auflösten. Ich weiß, dass er mich manchmal benutzte, um nicht in einem Grüppchen von »Kollegen« zu enden; dass es ihm sogar gefiel, dass sie mich für seine blutjunge Freundin hielten, als mein Körper sich zu entfalten begann; aber ich bin sicher, dass nichts von dem Unüblichen oder Merkwürdigen wichtig ist, ich habe die Macht, ihn zu entschuldigen, mich beim Erinnern doppelt zu amüsieren. Trotz allem, was danach kam – als die Krankheit das Merkwürdige, das Ungewöhnliche meines Lebens mit ihm verschärfte –, wusste ich doch immer, dass mein Vater mich bis zur Sonne liebte, nicht bis zum Mond, grenzenlos und ohne Wiederkehr; dass ich ihm so sehr gefiel wie er mir; dass seine tumben, später kranken Marotten unsere reine Freundschaft nicht auslöschen, nicht entwerten würden. Einem Freund verzeiht man, dass er einem nicht das Schwimmen beibringt, wenn er doch das Schiff ist. Ein versunkenes Schiff, das noch mit dem Mund voller Wasser lacht.

Wir sahen bis spät fern. Wir spielten Zappen und schalteten uns durch alle Nachrichtensendungen, um die Kleider der Sprecherinnen von eins bis zehn zu bewerten. Ich erinnere mich noch an seine zwischen feministisch und vulgär oszillierenden Kommentare, Lob und Beleidigung waren aus seinem Mund ein und derselbe Satz. Ich weiß nicht, wer zuerst eingeschlafen ist, bestimmt ich.

Am Morgen war der Fernseher noch immer eingeschaltet, aber es lief ein lokaler Radiosender ohne Bild, was bestätigte, dass er noch wach geblieben und später beim Zappen eingeschlafen war. Als mir bewusst wurde, dass ich in einem Hotelzimmer aufgewacht war und nicht zu Hause in Madrid, merkte ich, dass mich das mechanische Geräusch von Sirenen geweckt hatte. Es kam von dem Radiosender, aber wenn ich die Ohren spitzte, tönte das *Tatütata-Tatütata* auch durchs Fenster, wie ein Echo von der Straße. Ich stand langsam auf, bedacht, meinen Vater nicht zu wecken. Ich ging zum Fernseher und stellte ihn ganz leise. Anscheinend hatte sich genau an der Kreuzung vor unserem Hotel auf der Hauptstraße ein Unfall ereignet. Der einzig darin Verwickelte und Betroffene sei »ein Mann mit eingeschränkten geistigen Fähigkeiten«. Er war in einem Spalt von nur wenigen Zentimetern zwischen zwei parkenden Autos eingeklemmt und stecke dort, wie der Mann selbst erklärte, »bereits den ganzen Morgen fest«.

»Mehr noch, der Mann betont, niemand habe versucht ihn zu überfahren, er sei ›Urheber und Opfer seines eigenen Unfalls‹.«

Diese Beschreibung, die, wie aus dem Zögern der Sprecherin zu schließen, sie wohl ablas, ohne ihr Erstaunen zu verbergen, hatte die irreale Logik von Träumen, viel mehr als die von reellen Dingen und wachen Lebewesen. Ich stand auf, ging zum Fenster, zog die dunklen Vorhänge auf und es wurde mit einem Mal hell in unserem Zimmer. Ich betrachtete das Gesicht meines Vaters: Die Sonne beleuchtete die Furchen und Plissees seiner Haut. Aber weder das Sonnenlicht noch das Geräusch der Sirenen konnten ihn wecken: Also zog ich die Jalousien hoch und öffnete das Fenster sperrangelweit.

Die Straßenecke konnte ich kaum erkennen, nur wenn ich mich mit dem gesamten Oberkörper aus dem Fenster lehnte und fast riskierte hinauszufallen, mich selbst in einen *Urheber und Opfer meines eigenen Unfalls* zu verwandeln Dieser Ausdruck, dieser Gedanke würde mich heute begleiten. Auf Zehenspitzen, mit gerecktem Hals und fest an den Fenstersims geklammert betrachtete ich aufmerksam die Leute da unten. Zwischen anderen Schaulustigen entdeckte ich zwei lange, elegante Gestalten, Andrew und Sonya. Langsam, richtungslos. Sonya in einem rosafarbenen Morgenmantel, ihre Beine waren nackt und an den Füßen trug sie die gleichen Lederstiefel wie am Abend zuvor. Andrew wirkte wie ein verwirrtes Hühnchen, ein orientierungsloses Küken, wie er da in den hoteleigenen Bademantel gewickelt stand: Auf einer Tasche blitzte das goldene C, das auch die Fassade des Gebäudes zierte. Was machten sie da, zwischen zudringlichen Passanten, Polizisten und – so sah es für mich aus – medizinischem Personal? Letztere versuchten den anscheinend überfahrenen Mann davon zu überzeugen, sich ins Hotel zu begeben oder in den Krankenwagen, um ihn irgendeiner Untersuchung zu unterziehen. Die betroffene Person konnte ich nicht sehen, er wurde von den Leuten verdeckt, die versuchten, mit ihm zu sprechen, und ich konnte mich unmöglich noch weiter hinauslehnen, um einen besseren Blickwinkel zu bekommen.

Sonya war eine Frau Doktor, erinnerte ich mich. Nicht Doktor der Philosophie oder Geschichte – wie mein Vater oder Andrew –, sondern eine richtige. Sie wird den Aufruhr draußen gehört haben und rausgegangen sein, mit ihrem Mann, um ihre Hilfe anzubieten. Ich wartete ab, beobachtete die Szene. Und stellte fest, dass sich die Kopps tatsächlich langsam von dem Tumult entfernten. Ich sah Verzweiflung, sogar Entsetzen in Sonyas Gesicht: Ich sage nicht *Verwirrung*, denn verwirrt wirkte sie nicht. Ihr Gesichtsausdruck sagte, dass sie ganz genau wusste, was da passierte, aber dennoch nicht handeln konnte. Sie trug weiterhin die Maske der Gleichgültigkeit, aber ihre Haltung zeigte, wie sie darum kämpfte, ihre Anteilnahme am Geschehen unter Kontrolle zu behalten, auch wenn es ihr eigentlich fremd war. Ich wollte meinen Vater wecken, damit er mir beim Verstehen helfe – wenn ich von der Geschichte weggehe und diesen Satz anschaue, kann ich sagen, dass er meine Kindheit zusammenfasst –, aber er schlief nachts nur mit einer Überdosis Lorazepam, weshalb er, wenn er schließlich aufwachte, noch mindestens eine Stunde groggy war: Vor Mittag funktionierte er nicht. Bevor ich mich entschied, das eine oder das andere zu tun, hörte ich das irre Lachen des Mannes: Er steckte immer noch bewegungslos zwischen den beiden Autos, obwohl ihn nichts daran hinderte, den Spalt zu verlassen, wenn er nur mit sich selbst und den Rettungskräften kooperierte. Ich sah ihn nur von hinten, aber daran, dass die Schreie von diesem verrückten, eigensinnigen Körper ausgingen, bestand kein Zweifel. Andrew sagte etwas zu Sonya und ging ins Hotel. Sie blieb wie angewurzelt stehen, mit dem Rücken zur Menschenmenge. Wahrscheinlich war es mehr ein Instinkt als eine konkrete Absicht: Ich zog meine Schuhe an und den Mantel über den Schlafanzug, verließ das Zimmer und rannte die Treppen hinunter.

»Virginia!«

Es war Andrews Stimme. Ich blieb auf der ersten Stufe stehen. Er war gerade mit dem Aufzug in unserer Etage angekommen.

»Virginia, ist dein Vater wach?«

Ich schüttelte den Kopf, und Andrew dachte ein paar Sekunden nach, obwohl er mich dabei unverwandt anschaute, als würde es ihn nicht ablenken, sich mit einem Objekt der Außenwelt abzugeben, wenn eigentlich Konzentration auf das Innerste angezeigt ist; oder als würde meine Erscheinung ihn einen Tag später immer noch beeindrucken und lähmen. Oder als wüsste er tatsächlich nicht, was tun, und *ich*, das externe Objekt, könnte die Antwort haben.

»Sag mal, was ist da draußen los?«, fragte ich, weil er weiter schwieg.

»Das ist Bertrand. Du hast ihn gesehen, oder? Der Arme macht gerade eine seiner Shows«, sagte er, und ich verstand nicht. Er drängte mich in den Aufzug und drückte den Knopf zum Erdgeschoss. »Ich weiß schon, dein Vater ist morgens ein Zombie. Lassen wir ihn besser von alleine aufwachen. Wenn du wüsstest, was für Nächte und was für Morgenstunden ich mit Juan in Wien hatte, und in ...«

Sein anekdotischer, beiläufiger Tonfall kontrastierte auf groteske Weise mit Sonyas Gesicht: Sie erwartete uns mit beklommener Miene, als sich die Fahrstuhltüren öffneten. Neben ihrem trüben Blick wirkte die unerschütterliche Freude, die ich für die wertvollste menschliche Eigenschaft hielt und die ganz zweifellos jemand wie Andrew oder mein Vater verkörperten, wie blanker Hohn. Rücksichtslos, geradezu pervers angesichts ihrer Leidensmiene.

»Was ist mit Juan?«

Sonya wandte sich an Andrew. Sie hatte die Arme ausgestreckt und beide Hände geöffnet, in der Schwebe. Bevor er antwortete, beschied mir Andrew mit einer höflichen Geste, als Erste den Fahrstuhl zu verlassen.

»Juan ist morgens nicht besonders einsatzfähig, könnte man sagen«, sagte er und zwinkerte mir von der Seite zu. »Aber Virginia ähnelt ihrem Vater sehr. Wenn wir sie mitnehmen ..., wenn wir sie Bertrand vorstellen, könnte das vielleicht was ausrichten.«

Wer Bertrand war, und warum sie mich oder meinen Vater mit ihm in Beziehung setzten, fiel mir nicht ein zu fragen. Auch hatte ich keine Zeit, mich darüber zu wundern: Plötzlich schien Sonya mich nicht mehr zu hassen, für sie war ich jetzt ein hervorragendes und brauchbares Werkzeug, nicht mehr die nutzlose Jugendliche.

Wir gingen nach draußen, und es war immer noch Februar. Aber der kalte, schneidende Wind zog einem nicht so in die Knochen wie am Abend zuvor. Sonya und ich folgten Andrew, er ging voran, kahl, geschmeidig, ätherisch wie ein Hüpfball. Ich meinte zu sehen, wie Sonya meine halbnackten Füße musterte, meine Hausschuhe bemängelte. Aber sie selbst trug einen Bademantel: Keine Ahnung, warum sie so einschüchternd auf mich wirkte.

Sonya, eigentlich sagtest du kein Wort, äußertest kein Urteil, nur die Kiefer hast du unwillkürlich aufeinandergepresst und gelegentlich den Blick auf der einen oder anderen Stelle meines Körpers ruhen lassen. Deine stumme Anspannung vermittelte mir ein nie gekanntes Unbehagen, umso mehr, da Andrew sie zu ignorieren schien und ich als einzige Adressatin übrig blieb.

Wir waren dem Lärm, den die Leute machten, schon ganz nah, als Sonya mich hinter sich ließ, sich neben Andrew schob und auf Englisch zu ihm sagte: »Ich habe dich darum gebeten, *Juan zu holen*. Ich glaube nicht, dass das hier funktioniert. Wie alt ist sie überhaupt, mein Gott?«

Sie flüsterte nicht einmal. Und Andrew stand schon zwischen zwei Polizisten, die ihn erwartet hatten, so sah es jedenfalls aus. Falls er Sonya etwas erwiderte, hörte ich die Antwort nicht.

Aus irgendeinem Grund waren wir berechtigt, in jene Gruppe einzudringen, in ihr Zentrum vorzustoßen, auf das alle – Hotelpersonal, Passanten, die helfen wollten – fixiert waren. Die Szene, die sich uns darbot, oder die ich zum ersten Mal sehen konnte, war so seltsam, dass sich – wenn ich ehrlich bin – eine detaillierte Beschreibung erübrigt. Sie war absurd, und das wesentliche Attribut des Absurden ist, dass es sich nicht verbiegt, sich nicht der Form der Worte anpasst: Es lässt sich nicht verdrehen, nicht leugnen, um so in die gedanklichen Kreisläufe einzudringen, mit denen wir üblicherweise verstehen und erklären, was wir gesehen haben. Was ich sah, war nicht erklärbar, nicht nur auf den ersten Blick, sondern auch nicht unter Aufbietung aller Vernunft.

Der Mann, dessen Rücken ich vom Fenster aus gesehen hatte, befand sich nach wie vor in der gleichen Position, unbeweglich eingeklemmt zwischen dem Hintern des einen und der Schnauze des anderen Autos. Aus der Nähe war offensichtlich, dass es so einfach nicht war, sich zu befreien, auch wenn es mir vom Fenster aus anders erschienen war. So, als habe es sich bloß um einen sinnlosen, ungefährlichen Streich gehandelt, den er jederzeit beenden konnte. Jetzt war es vielmehr unglaublich, dass er überhaupt noch lebte, den Mund bewegte und Wörter auf Englisch und auf Spanisch sagte, einzelne und teilweise unhörbare Wörter, obwohl sein Bauch im Prinzip auf wenige Zentimeter zusammengedrückt war. Als hätte er keine Knochen, oder als wären seine Organe überaus elastisch, aus Knete, die immer dünner wird, je fester man sie zusammendrückt. Aber es war kein kleiner Mann, nicht abgemagert, kein Blatt Papier: Das hier war ein Wesen aus Fleisch und Blut, mit großen und straffen Muskeln, bleicher Haut und fast pigmentlosem Haar, mit der Haltung eines Boxers: Wie konnte er in dieser Position atmen, *reden*? Sein Torso, seine Lungen waren zwar nicht gequetscht. Doch in seinem Gesicht war keine Spur von einem Bewusstsein seiner Lage oder dem Willen, seinen Bauch von diesem Druck zu befreien und herauszukommen. Das war der Mann, den Andrew und Sonya als *Bertrand* bezeichnet hatten und die Nachrichten definitiv als einen zwischen zwei parkenden Autos eingeklemmten Schwachkopf.

»Nicht erschrecken.«

Zuerst wusste ich nicht, wer mit mir sprach. Ich freute mich nur, dass da noch jemand war, der mit einem Flüstern bestätigte, dass das, was wir da vor Augen hatten, wirklich schaurig war.

»Ich wollte sagen, das macht er manchmal.«

Es war Andrews Stimme. Wenn er auf Spanisch mit mir sprach und nicht auf Englisch, war sein Tonfall kaum wiederzuerkennen.

»Er mag solche Spektakel. Unser lieber Bertrand ist *Performer*.«

Diese Erklärung ergab keinen Sinn. Fast alles, was Andrew sagte, war doppeldeutig oder durch Ironie deformiert, trotz seines seriösen, professoralen Auftretens. Seine Art und Weise, sich auszudrücken, machte mich neugierig, aber das Blöde war, dass er auch später nichts erklärte, bei der Deutung seines Humors war man auf sich allein gestellt, und ich schließe nicht aus, dass sich womöglich in Wahrheit gar nichts hinter seinen knappen und vermeintlich urkomischen Einwürfen verbarg.

Ich ging näher heran, ich wollte den Mann sehen, und sein Gesicht zog mich in seinen Bann: Es war nicht das Gesicht von jemandem mit Down-Syndrom; er hatte auch nicht den Blick, die Ticks der Autisten, die ich kannte, aber irgendetwas Ungewöhnliches lag in der Rundung seines Kinns und vor allem der Stirn: Als wäre der Knochen doppelt, zweigeteilt, als hätte er statt eines menschlichen Schädels zwei abgerundete, abgeschliffene Hörner unter der Haut. Auch die Nase war kugelig, geradezu tierisch. Nicht dass mir einer dieser Züge missfiel, seine Nase war schöner, seine Ohren weniger vorgewölbt als unsere. Das einzig wirklich Beunruhigende – was mich verstörte, und ich weigere mich zu glauben, dass es den anderen anders ging – war die Trennung von seiner Umgebung und seine endlose, enorme, erschreckende Fröhlichkeit. Er sagte Sätze, einen nach dem anderen, auf Englisch, auf Spanisch und in einer anderen Sprache, die ich nicht erkannte, keine romanische und auch kein Deutsch; vielleicht Norwegisch, oder Schwedisch.

Ich sah mich um und suchte nach Erklärungen, oder nach Begleitung. An der Straßenecke parkte ein Krankenwagen, aber im Moment bliebt das medizinische Personal auf Abstand zu Bertrand. Auch die Polizisten; sie waren von seinem merkwürdigen vielsprachigen Vortrag wie erstarrt, als wäre er ein Hexer, den man besser nicht stört, denn sein Zauber gilt uns: ihn zu hören gießt uns in Gips und entzieht uns der Zeit, und so verharren wir. Starr, weiß, unbeweglich.

Ich versuchte, das Gleiche zu tun: ein gelassenes Gesicht machen, als wäre jener abnormale Prophet unser Heilsprediger, unser ersehnter Meister, aber das war mir schon nach kurzer Zeit unmöglich. Angesichts von kryptischem Geraune entzieht sich wie gesagt das Lachen meiner Kontrolle, und wenn ich nicht aufpasse, auch die Verachtung. Für mich war er ein Spinner, schlicht und einfach. Ein Irrer, wie er im Buche steht.

Ich wollte zurück, wieder ins Zimmer gehen, mich zu meinem Vater flüchten, ihn aus dem Bett schütteln und erzählen, was draußen los war, so wie er mir immer von allem erzählte, was er ohne mich erlebte. Ihn um Hilfe bitten, als wäre ich noch immer das Kind, das ich nicht mehr war. Schließlich war Andrew doch zu unserem Zimmer heraufgekommen, um *ihn* zu holen, als könnte er sich darum kümmern, oder als müsste er jedenfalls auf dem Laufenden sein, die Situation in Augenschein nehmen und für die Übrigen ihre Bedeutung herausarbeiten. Mein Vater war zweifellos der dritte unerhörte Guru dieser Gruppe, neben Andrew Kopp und diesem neuen Wesen namens Bertrand.

Sonya und ich waren aus anderem Holz geschnitzt, aus *demselben* anderen Holz geschnitzt. Darum fühlte ich mich von ihr angezogen und abgestoßen zugleich, so wie auch sie sich, glaube ich, von mir. Mit der Zeit wurde mir Andrews Oberflächlichkeit bewusst; sie erkannte die meines Vaters; und keine von uns beiden gab das zu, denn wir liebten und brauchten in gewisser Weise diese weisen und unschuldigen Männer.

Sie tauchte wieder an meiner Seite auf, als die Menge sich zerstreute, obwohl der Unfall, oder der schlechte Scherz, oder die *Performance*, noch nicht vorbei war. Der Mann namens Bertrand war immer noch verrückt, die Arme fuchtelnd in der Luft, die Handflächen gekreuzt, die Ellbogen bebend und unkoordiniert. Die Satzmelodie war die eines Mannes, der eine vernünftige Rede hält, mit ordentlich verknüpften Schlussfolgerungen und Prämissen, aber den Wörtern, den Sätzen und ihren Konnektoren fehlte – ich schwöre – jeder Zusammenhang.

»Das war Andrews Idee. Die Idee ist von ihm«, sagte Sonya, ohne mich anzuschauen, aber zu mir. »Er sagt, wenn du vielleicht versuchst, seine Hand zu nehmen, die, die er pausenlos bewegt, und ihm eine Frage stellst, also, wenn du ihn ablenkst, dann kann der Fahrer des hinteren Autos vielleicht einsteigen, ohne dass Bertrand es merkt ..., wenn er es mitbekommt, flippt er aus, und dann kriegt ihn hier die nächsten Stunden niemand mehr raus ..., aber so könnte er vielleicht den Wagen ein Stück zurücksetzen, ohne dass Bertrand es überhaupt merkt. Wenn du hingehst und ihm die Hand gibst ...«

Ich sah Sonya an und zum ersten Mal erwiderte sie den Blick mit ihren hellen Augen. Eine Mischung aus Hoffnung und Verzweiflung lag darin, und auch ein Anflug von Sanftmut, die Absicht, Warmherzigkeit vorzutäuschen. Ich verstand ihre Bitte nicht, aber ich brauchte auch nicht zu verstehen, um mich einzufühlen. So ging es mir häufig mit den Einfällen meines Vaters, und vielleicht weitete ich, im Wissen, dass sie gute Freunde von ihm waren, jenen vertrauensvollen Umgang auf die Kopps aus. Weder fragte ich nach noch erlaubte ich mir ein Urteil, ich nickte nur, tat, wie mir geheißen, machte mir auf unerklärliche Weise Sonyas Wunsch, ihren Befehl zu eigen.

Und ich näherte mich jenem desertierten Säugetier wie jemand, der zum Altar schreitet. Ich vermied es, auf sein kugelrundes Kinn zu starren, seinen eigenartigen Mund, aber wie es so kommt, wenn wir uns einem Abgrund nähern und nicht sofort hineinstürzen, hielt ich seinem Blick stand, betrachtete ihn, obwohl er Ablehnung hervorrief, obwohl mein Instinkt verlangte, ich solle mich zurückziehen, mich in Sicherheit bringen. Stattdessen warf ich mich hinein und sagte etwas zu ihm, ließ meine Stimme im Abgrund widerhallen, probierte einen Satz, der wie eine Frage klang, wie eine unsichere Aussage. Da lächelten mich seine blauen, durchscheinenden Murmelaugen an, als würden sie mich erkennen. Das Worterbrechen hörte auf. Er sagte: »Ja, ja. Und seit gestern Morgen. Möchtest du sie sehen?«

»Klar«, antwortete ich.

Sein Gesicht erhellte sich durch etwas, was kein Licht war. Er verstummte. Ganz so, wie Sonya und Andrew vorhergesehen hatten, gab der Mann die wirren Erörterungen auf, die ihn seit wer weiß wie vielen Stunden an diesem Morgen beschäftigt hatten. Er vergaß sein Publikum, seine Gemeinde, und konzentrierte sich ganz auf mich. Er untersuchte meine Hand, die rechte Hand: Er ergriff sie ohne Bedenken, als wären es die Finger seiner Mutter. Aus der Nähe, in der Intimität – auch wenn sie künstlich ist, fingiert, inszeniert –, wenn sie glauben, dass wir sie lieben, dann sind selbst wilde Wesen nicht gefährlich, sie verlernen anzugreifen, und die Verrückten kommen aus ihrer Höhle, aus ihrem Labyrinth, ihrer Religion. Aber der Mann namens Bertrand ging dazu über, mir etwas zu erklären, was nicht zu verstehen war; auch wenn der Tonfall, die Geschwindigkeit seiner Wörter jetzt ruhiger wurde. Einzelne Sätze – mit nur einem Verb, einfache Sätze – ergaben sogar Sinn.

»Die Skulpturen sind flüchtig.«

Seine Aussagen folgten einer grammatischen Struktur, aber – und das war so verstörend – die konkreten Wörter waren immer verfehlt, arbiträr: Das Substantiv, das Verb, das Adjektiv, die Attribute schienen nach einer inneren Logik ausgewählt zu sein, die seine Murmelaugen kannten, aber die uns, oder jedenfalls mich, nicht erreichen konnte.

»Die Skulpturen sind flüchtig«, wiederholte er. Er glaubte, zweifellos, mir etwas zu sagen. »Die Ökosysteme selbst nicht, aber die Statuen haben das Gewicht, das wir aushalten können, du wirst sehen, ich glaube schon in einem Augenblick.«

Durch zustimmendes Nicken und Stirnrunzeln, gelegentliche Einwürfe und gefälliges Lächeln versuchte ich ihm zu signalisieren, dass ich aktiv zuhörte und seinem Sermon voll und ganz folgte.

»Von wegen Selbstherrlichkeit, im Gegenteil. Da müssen wir nur diesen Fall in Afghanistan betrachten. Zweifelsohne sind sie flüchtig, die Skulpturen. Davon sind wir überzeugt.«

Tage später, schon zurück in Madrid, fiel mir auf, dass Bertrands Sätze immer wie Imitationen akademischer Vorträge wirkten; Rhythmus und Modulation waren die erläuternder Sätze, manchmal verdeutlichend und immer pedantisch; ohne dafür Belege zu haben, stellte ich mir vor, dass möglicherweise Bertrands defizitäres Gehirn den Tonfall und die Ausdrucksweise der Sätze reproduzierte, die er von Männern wie Andrew hörte, wenn sie ihre Vorträge hielten, auch wenn der Inhalt gleich null war, und auch wenn ich nicht weiß, ob Leute wie Bertrand an Symposien oder Konferenzen teilnahmen; mir kam der Gedanke, dass schon seine Existenz ein passender und grausamer Scherz wider die naiven Gelehrten war, eine philosophische Komödie über das Thema der Leere, der Inkonsequenz des Wissens all der Professor Kopps dieser Welt, sympathisch und bewundernswert, harmlos oder auch nicht.

Nach einer Weile, muss ich gestehen, hörte ich nicht mehr zu. Es ehrt mich nicht besonders. Aber ich hörte auf, ihm zuzuhören, und blendete jedes Geräusch aus, das von dort kam, von dieser Gestalt. Keine Ahnung, wie ich bewegungslos verharren konnte, nur aufmerksam, diesem von einem anderen aufgezwungen Unsinn ausgesetzt. Irgendetwas musste ich tun, ihn entschlüsseln, zerstören, neu erfinden, oder weglaufen. Entschlüsseln braucht Zeit und ist Sache der Beobachterinnen, aber Sonya war weggelaufen. Ihre Hand war es, die ich wollte, aber meine war in diesem Moment in seiner gefangen, und das Einzige, was ich tun konnte, war, ihm mit dem Blick zu entfliehen: Meine Augen von seinem Sturzbach aus Worten abzuwenden.

So bemerkte ich, dass der Fahrer des Autos, das Bertrand wie durch ein Wunder eben nicht zerquetschte, tatsächlich begann, das Fahrzeug zurückzusetzen. Bertrand, ganz von unserem Gespräch oder seinem minderbemittelten Monolog eingenommen, merkte nichts. Um ihn nicht aufzuschrecken, keinen Verdacht zu erregen, wendete ich den Blick von dem Auto ab, das langsam zurückfuhr. Damit er nicht merkte, wie er verlassen wurde, drückte ich ihm fest die Hand und sah mich unauffällig um. Ich wollte sehen, ob Sonya oder Andrew oder mein Vater mir irgendein Zeichen gaben, irgendeine Anweisung, wie es weitergehen sollte.

Aber plötzlich waren wir ganz allein, Bertrand und ich, auf der Straße im Februar. Das war mein Gefühl, ehe beide, Sonya und Andrew, ihn von hinten packten, von dort, wo vorher das Auto gewesen war. Gewaltlos fingen sie ihn ein, und er ließ es ohne Gegenwehr geschehen, sanft, gehorsam, und ohne den Blick von mir abzuwenden. Mit einer diskreten Kopfbewegung bedeutete Andrew mir, nicht aufzuhören, weiter mit Bertrand zu kommunizieren – oder zumindest weiter so zu tun. Zurück im Hotel verlor ich sie, die Kopps nahmen ihn mit und erklärten mir nichts: mir, die ihn gerettet hatte, ihn befreit hatte mit meiner gewaltigen erlogenen Liebe. Wohin brachten sie den Urheber und das Opfer seines eigenen Unfalls, meinen mysteriösen Schuldner? Ich trat hinaus auf die Vortreppe, die letzten Neugierigen verliefen sich, ein Polizist sprach mit dem Fahrer des Krankenwagens, aber plötzlich war ich erschöpft, mir wurde schwindelig und ich war durchgefroren. Meine weißen Beine fühlten sich an wie nackte Knochen. Das Letzte, woran ich mich erinnere, war mein Impuls, die beiden Männern in ihrer jeweiligen Uniform aufzusuchen, den Fahrer des Krankenwagens und den Polizisten, sie um Erklärungen und Trost zu bitten, aber aus irgendeinem Grund nahm ich an, ich könnte mich nicht verständlich machen, oder dass meine Worte, wenn auch verständlich, doch vergeblich wären, denn auch sie würden verschwinden, waren da und waren nicht da, sie zu sehen war keine Garantie dafür, dass sie noch da wären, wenn ich einen Schritt nach vorne machte und ihre Hand nähme. Und mein Vater schlief immer noch, woanders.

II

Es mussten gar nicht viele Tage vergehen. Bald merkte ich, wieder einmal und wie bei jedem Besuch, dass die Freunde meines Vaters nie arm waren.

Damit keine Missverständnisse aufkommen, das war nichts Schlechtes. Im Gegenteil: Ich genoss die Gesellschaft der Kopps, gerade wegen der Extravaganzen, der Feiern, der zwanglosen Konversation, der unerwarteten Ereignisse.

Außerdem sind irdische Ausschweifungen dafür da, den Tod zu vergessen. Jedenfalls geht es mir so. Die Reisen, die Feierlichkeiten zerstreuten meinen angeödeten Geist, der mich schon mit siebzehn Jahren dazu brachte, mich an das Normale und Notwendige zu klammern und das loszuwerden, was nur scheinbar Gewicht hatte, kein wahrhaftiges wie Marmor, und ohne näheres Ansehen die meisten oberflächlichen Haltungen, Äußerungen oder Menschen geringzuschätzen. Heute weiß ich, dass das – nur die Statuen für würdig zu erachten – mein Wissen um den Tod war. Insbesondere um den meines Vaters.

Dennoch überraschte es mich immer wieder, dass all diese sympathischen und lustigen Personen einer, und zwar einer einzigen, immer gleichen gesellschaftlichen Klasse angehörten. Da war keine Prahlerei und erst recht kein Luxus bei Andrew und Sonya Kopp, aber welche Art Leben sie führten, das war offensichtlich: ein ungewöhnliches Leben prall gefüllt mit exklusiven und gerade darum uninteressanten Privilegien, eitel, aber schön, angenehm und – für mich – gelegentlich erhellend.

Sie waren überdies ein seltsames Paar. Die Kopps wirkten wie Freunde, wie zickige Geschwister, sie scherzten und stritten sich ohne Folgen, sie beleidigten einander ohne Rücksicht und ohne spätere Reue. Nie sah ich, wie sie sich küssten oder Händchen hielten, aber sie waren dem anderen gegenüber stets zuvorkommend: Andrew rückte Sonya den Stuhl zurecht, wenn sie sich zu Tisch setzte, und sie dankte ihm diskret. Letztlich schienen ihre – mechanisch funktionierenden, aber für mich bedeutsamen – guten Manieren aus einer anderen Zeit zu stammen, mit einem Verhaltenskodex und einer Erziehung, die in späteren Generationen wie der meinen fast nicht mehr vorkommen. Sosehr ich auch ihre frivole Weltläufigkeit bemerkte, wegen ihrer Manieren bewunderte ich, verehrte ich sie. Beide waren wohl im Alter meines Vaters: Während jener Reise war er allerdings noch nicht ganz senil. Der Älteste und der Jüngste zugleich. Das war – später – der Widerspruch: dass die wachen Augen – die Augen eines energiegeladenen, zerzausten, unsterblichen Kaninchens – erlöschen, erkranken, für immer in Winterschlaf fallen konnten.

Als ich am nächsten Morgen erwachte, empfand ich als Erstes Erleichterung. Darüber, im Bett zu liegen, ohne Geräusche, außer dem Verkehr auf der Hauptstraße. Darüber, dass er zu meiner Rechten schnarchte, randvoll mit Schlafmitteln, den Hemdkragen mit Asche bedeckt, wie jeden Morgen. Im Fernsehen lief eine Astrologie-Sendung. Von draußen drangen weder Krankenwagengeräusche noch Blaulichter herein. Die Sache am Morgen zuvor könnte ein Traum gewesen sein, hätte er mich nicht ein paar Stunden später, nach dem Aufwachen und einer Katzenwäsche – Wasser ins Gesicht und ins graue Haar, bloß keine Dusche –, fest angeschaut und gesagt: »Hör zu, ich möchte dich darum bitten, vorsichtig zu sein. Das gestern ..., also, pass ein bisschen auf.«

Er war gar nicht dabei gewesen, war nicht auf die Straße gekommen – wovor also warnte er mich? Manchmal denke ich, dass meine Besessenheit von Wörtern – das Verlangen, sie zu prügeln, ihnen abzuverlangen, was sie verleugnen – das Ergebnis von Situationen wie dieser ist, von meinem Austausch mit Wesen weniger Worte und viel zwischen den Zeilen. Mein Vater sagte mir immer, als wäre es eine Erklärung, ich solle *vorsichtig* sein. Ich glaube nicht, dass er sich darin von anderen Vätern unterschied, die sich vorsichtshalber und vielleicht unnötig Sorgen machen. Aber jenseits der Worte ließen wir uns treiben. Er *bat* mich, auf mich aufzupassen, durch mitfühlende Blicke, Gesten übertriebener Beunruhigung, ohne aber mit mir in den Abgrund zu blicken. Am Abgrund fürchtete er sich mehr als ich. Ohne zu wissen, ob man besser zurückweicht oder springt, angreift oder sich verschanzt, ob die Stimme und die Liebe zu etwas taugen oder ob im Gegenteil ...

»Gestern Abend haben mir Andrew und seine Frau alles erzählt, was am Morgen passiert ist. Da habe ich wahrscheinlich noch geschlafen, oder? Verzeih mir.«

Immer häufiger sagte mein Vater außerdem das: *Verzeih mir*. Warum? Ich brauchte ihm nicht zu verzeihen, ich gab ihm keine Schuld, ich beschwerte mich nur, wenn ich mich ungeschützt fühlte, so wie es alle Welpen tun. In jenem Moment reichten mir außerdem seine warnenden Worte, ich nahm sie an und fühlte mich ermutigt, auch wenn ich nicht so genau wusste, was er mir eigentlich sagen wollte, worüber er sich beklagte oder wobei ich vorsichtig sein sollte. Heute würden wir mit den Kopps frühstücken: Darauf freute ich mich.

Am Vorabend waren wir durch das Viertel spaziert, nur wir beide. Wir waren die Allee runtergegangen und hatten die Pflanzen und Blumen in den Gärten bestimmt: Mein Vater kannte fast alle ihre Namen, ich weiß nicht, warum, er war weder Biologe noch Botaniker noch Florist. Je weiter wir gingen und den labyrinthischen Brücken der Allee folgten, desto kleinere Teiche entdeckten wir, mit unterschiedlichen Blumen und Viehzeug, als wäre es das Garten-Äquivalent einer Matrjoschka. Wir verliefen uns zwischen den wilden Pfaden, die von einem Teich zum nächsten führten, aber da wir uns die Namen der Blumen notiert hatten und uns erinnerten, wie sie aussahen, ließen wir uns mehr von ihren Formen und Farben leiten als von der Richtung, und so fanden wir den Rückweg zum Hotel.

Ich hatte beschlossen, ihm nicht zu erklären, was am Morgen vorgefallen war: es auf dem violetten und gelben Spaziergang zu vergessen. Andrew und Sonya hatten sich unserer Expedition nicht angeschlossen, sie waren den Nachmittag über mit Interviews und einer Pressekonferenz wegen Andrews Preis beschäftigt. Erst später, als ich schon schlief, hatten die Kopps und mein Vater noch etwas an der Bar getrunken, wie mir jetzt Andrew erzählte, mit dem wir uns im Foyer trafen, um gemeinsam im Hotelrestaurant zu frühstücken. Ich fragte ihn, kaum dass ich ihn sah, warum und wohin er am vorigen Morgen verschwunden war, zusammen mit dem schwachsinnigen Mann, nach dem Vorfall auf der Straße.

So nannte ich ihn nicht. Ich sagte *Bertrand*, warum auch immer, das war mir nicht wichtig, es wäre sinnvoller gewesen, ihn den *schwachsinnigen Mann* zu nennen. Aber Andrew beantwortete meine Fragen nicht.

»Er ist Künstler«, war das Einzige, was er sagte. »Sprich mit ihm. Du wirst schon sehen. Er wird dir alles ganz genau erklären.«

Ich ging ins Zimmer zurück, um mir statt der Puschen Schuhe anzuziehen, fragte mich, was »alles« sein mochte, was mir Bertrand »ganz genau« erklären musste, und hatte jetzt schon keine Lust mehr, ihn wiederzusehen.

Kaum wieder unten, um die anderen im Restaurant zu treffen, sah ich ihn an unserem Tisch sitzen, den Mann, der Bertrand genannt wurde. Er saß zwischen Sonya und Andrew, und die drei meinem Vater und einem freien Stuhl gegenüber, meinem, wie ich annahm. Als Andrew mich kommen sah, wandte er sich direkt wieder an mich:

»Es war ja zu erwarten, dass dein Vater nicht zu einer *normalen Zeit* fürs Frühstück aufwachen wurde, aber dass er beim Aufwachen Hunger hat, auch wenn es noch nicht Zeit zum Mittagessen wäre. Die Leute vom Restaurant waren so freundlich, das Frühstücksbuffet zu verlängern, also ist das streng genommen ein Frühstücksmittagessen: ein *Brunch*, wie wir sagen. Vielen Dank nochmal.«

Ein schwarz gekleideter junger Mann – der Verantwortliche für die Küche, nahm ich an – nickte, lächelte, ich glaube, er errötete sogar.

»Sie sind unsere Stargäste heute Morgen«, sagte der junge Mann. »Keine Ursache.«

Der errötete Junge war hübsch. Höflich. Es gelang ihm, ohne schleimig gekünstelten Unterton zu sprechen. Etwas zog sich in mir zusammen. Ich wollte reden, den Jungen berühren, so unbeschwert fröhlich wie Andrew tun, ich wollte auch ein Kopp sein, mich allem ohne Vorurteile nähern und ohne Skrupel. Das Recht haben, einfach so zu handeln, ohne Grund und ohne weitere Erlaubnis einzuholen außer der meinen. Ich suchte in den Augen des Jungen eine ähnliche Neugier, ähnliches Verlangen, aber ich sah nichts als Haltung und Steifheit gut gedrillten Personals.

Das passierte mir immer wieder in letzter Zeit, in den vergangenen Monaten: Ich spürte ein Stechen im Bauch, identifizierbar als die ebenso unvermittelte wie eigensinnige Notwendigkeit nach einem bestimmten Körperkontakt. Ausschließlich mit Männern, nie mit Frauen. Die Umarmungen dieser Männer, ihre die meinen drückenden Hände waren immer mein Ziel. Alles Wahre – Schutzlosigkeit, Zeit, Tod – verschwand beim Kontakt mit fremder Haut.

»*Liebes*, ich darf dir Bertrand vorstellen. Obwohl ihr euch ja schon kennt. Gestern hat er angefangen, dir sein Projekt zu erklären, du erinnerst dich? Er ist mit uns aus London gekommen. Bertrand, das ist Virginia: die wunderschöne Tochter unseres Freundes Juan.«

Andrew wandte sich wieder meinem Vater zu. Sein Ausdruck änderte sich und er redete, als wären wir nicht da:

»Hörst du eigentlich immer noch, dass sie mehr wie deine *Enkelin* aussieht als wie deine *Tochter*, und du wie ihr Großvater?«

Mein Vater lachte und nickte, zeigte ein paar Zähne, verbarg ein paar Zähne. Er war ein ruhiger Mann, selbstsicher, zurückhaltend, neben dem Andrew etwas theatralisch wirkte. Nie war er beleidigt, und in geselligen Runden wie dieser kümmerte er sich immer darum, dass es allen gut ging: Stets war er freundlich, stets liebenswürdig. Er lächelte mir zu, als wollte er Andrews Angewohnheit ausgleichen, von Anwesenden in der dritten Person zu sprechen.

»Gestern«, sagte mein Vater, an alle gerichtet, »auf der Fahrt vom Flughafen zum Hotel hat uns der Taxifahrer für ein Paar gehalten. Ohne es auszusprechen, nannte er mich verkommen!«

Der Junge – der Verantwortliche für die Küche, oder der Kellner – war in der Nähe unseres Tisches geblieben, kicherte und kam etwas näher, um mir ins Gesicht zu schauen, wie mir schien. Seine Taktlosigkeit überraschte mich, ebenso wie meine missmutig abweisende Reaktion, wo ich doch Minuten vorher nur gewünscht hatte, er möge mich anschauen. Auch Sonya schaute mich an, flüchtig. Sie lachte nicht.

Aber vor allem der Mann namens Bertrand sah mich einige Sekunden länger an als der Rest. Mein Vater begann mit seinen Toasts, Eiern, Schinken; Sonya betrachtete die Lebensmittel mit leichtem Argwohn, als würde sie zwischen der auf dem Tisch ausgebreiteten Vielfalt nicht ihr gewohntes Frühstück finden. Was machte dieser Verrückte da, schon wieder eingeklemmt, dieses Mal zwischen zwei Körpern, zwei Massen; woher kannte er Sonya und Andrew, und warum behandelten die beiden ihn so vertraut und normal? Er war *mit ihnen* aus London gekommen, hatte Andrew gesagt?

Ich konnte nicht die Einzige sein, die es bemerkte – sogar mein Vater hatte ein paar Stunden zuvor gesagt, *sei vorsichtig*:

Etwas war fies an diesem Wesen, an der Tatsache, dass er bei uns war und man ihn wie unseresgleichen behandeln sollte. Da er nicht aufhörte, mich anzustarren, wie hypnotisiert – erkannte er, bewunderte er mich, belegte er mich mit dem bösen Blick? –, und vielleicht auch, um nicht zu unterliegen, mich dem wachsenden Unwohlsein nicht zu unterwerfen, erlaubte ich mir, ihn ebenfalls zu betrachten.

Sein Gesicht wirkte ruhiger als am Tag zuvor, die Muskeln nicht mehr so verkrampft. Seine Lippen waren weiterhin geschlossen, ohne Kraftaufwand versiegelt, und die Murmeln, die er als Augen hatte, wirkten nicht so künstlich. Er war frisch geduscht: Jemand roch nach Shampoo, und bestimmt nicht Andrew, Sonya oder mein Vater, die nach einer Mischung aus Tabak und Holzmöbeln rochen. Ein Seitenscheitel, von der Sorte mit Kamm und Brillantine, teilte sein feines, krauses Haar. Er war jedenfalls geschniegelt. Besser gesagt, er sah aus wie ein Püppchen, das herausgeputzt *worden* war: Ausgeschlossen, dass er sich selbst so zurechtmachen konnte, nach einem Blick in den Spiegel sein Aussehen anpassen, an die Wirkung denken, die er bei anderen erzielen würde. Und im Kontrast dazu war sein Aufzug – jetzt gerade konnte ich allerdings nur seinen Oberkörper sehen – der gleiche wie am Vortag. Ein weißes langärmliges T-Shirt und darüber statt eines Jacketts ein weiteres grünes Shirt mit Trägern, als hätte er die Reihenfolge durcheinandergebracht und sich das Unterhemd obendrüber gezogen. Ich dachte an das, was Andrew gesagt hatte: Er ist Künstler. Künstler tun Dinge auf andere Weise, auch falschrum, einverstanden. Aber solche Manöver haben einen tieferen Sinn: eine unbekannte Absicht, die sie bestimmt. Mir schien, dass es sich, ganz wie die Radiosprecherin gesagt hatte, eher um einen Behinderten als um einen Künstler handelte. Seine vielfältigen Seltsamkeiten – seine Art zu beobachten, seine Kleidung, die Art, wie er beinahe versteinert dasaß – waren beliebig; ihm fehlte es an Innerlichkeit, die Kreatur Bertrand ließ unbekannte Absicht vermissen.

Ich stand auf: Ich wusste, jener stumme Austausch – er mich anstarrend, ich ihn – konnte zu nichts führen, und nein, ich verspürte auch kein Bedürfnis, Andrews Rat zu folgen und *mit Bertrand zu sprechen*. Worüber denn bitte?

Ich ging zum Buffet. Wir fünf waren allein in diesem riesigen Salon, außer einer Familie mit zwei wohlerzogen wirkenden, stillen Kindern. Vielleicht auch Stargäste, oder sie waren spät aufgestanden und hatten sich dem für Andrew und Sonya Kopp improvisierten Brunch angeschlossen. Die Kopps hatten sie gegrüßt, als das Paar mit den Kindern wie zwei Zinnsoldaten das Restaurant betreten hatte. Sie kannten Gott und die Welt, oder vielleicht war es umgekehrt: Alle erkannten sie, und die Kopps dankten ihnen diese Anerkennung mit so warmen wie unpersönlichen Gesten.

Ich konzentrierte mich auf den Bereich mit den Süßspeisen: Ich betrachtete das Feingebäck, die dampfenden Schmalzkuchen. Dann nahm ich mir eine *Ensaimada*, eine Brioche, ein Schokoladenteilchen und mehrere Zimtschnecken. Bei meinem Vater hatte ich mir angewöhnt, alles zu essen, was ich mochte: alles Schlechte. Aber meine Aufmerksamkeit war woanders. Sie war dort geblieben, von wo ich hatte fliehen wollen, denn manchmal bedeutet Fliehen zu bleiben. Ich dachte über Bertrand nach. Warum hatte ich das Gefühl, ich hätte ihn *verlassen*, und warum hatte ich am Tag vorher das Gefühl gehabt, er hätte mich verlassen, dass sie ihn mitgenommen hatten, obwohl er doch eigentlich mir gehörte? Bertrand war ein Fremder: Warum löste er diese Gedanken in mir aus, und nur er? Er schien einem biblischen Gleichnis oder einem deutschen Märchen entsprungen, und doch war er hier, bei uns, wie einer von uns, Bertrand.

Bertrand begleitete uns an einigen Tagen des rückblickend so unvorhersehbaren wie konventionellen Lebens, das ich mit meinem Vater führte: meine Tage mit den Kopps. Eigentlich war es, als würde er von ihnen eskortiert, als wäre er ihrer Obhut und Sorge unterstellt. Und ohne zu wissen, warum, ahnte ich, dass Bertrand stören würde. Er würde die paar Tage verkomplizieren, die als gestohlene, heimliche Ferien gedacht waren, etwas, das es immer wieder gab mit meinem Vater: Ich schwänzte die Schule, er die Universität. Wenn ich es nur meiner Mutter nicht sagte – und ich schwieg, gehorchte dem König der Kaninchen –, machten wir uns auf und davon, an irgendeinen Ort der Halbinsel. Meine Mutter faltete uns dann am Telefon zusammen, ihn und mich, wenn sie es erfuhr. Aber sie machte es ganz offen, ehrlich, und danach – wenn böse Worte geflogen waren – bereute sie es jedes Mal. Die Art und Weise, wie er sie beschimpfte, war ausgefeilter, subtiler: Er verursachte den Schmerz, den man nicht einmal spürt, weil man ihn nicht kennt; er zog das Verborgene vor, nicht den offenen Angriff; das Schweigen, nicht das Wort.

Das Schweigen der Kaninchen: Wer wollte einem Kaninchen die Schuld geben, wenn man es ansieht und nur in ein winziges Gesicht ohne Hass oder böse Absichten blickt? Als Kind war ich oft die Waffe des Kaninchens. Außer seiner Tochter, Freundin, Begleiterin. Und, als ich achtzehn wurde und er krank, auch noch seine Mutter und Frau. Die Königin der Kaninchen. Zwei

Kaninchen in einem Boot, und niemand sonst, ich weiß nicht, wohin, aber ich weiß, was dort geschah, auf jeder Überfahrt, was ich in jedem Hafen lernte.

Mit ihm zusammen zu leben, bevor ich achtzehn war, hieß letztendlich, dass ich gut ein Drittel meiner Schultage verpasst haben dürfte. Ich lernte, sah, erlebte andere Dinge; dies hier war eine unserer letzten Fluchten; und Bertrand das letzte dieser Dinge.

Ich kam mit einem von Süßem überladenen Teller an den Tisch zurück, mein Vater lachte liebevoll und genehmigte meine Wahl. Sonya scherzte über etwas, was ich nicht hörte. Sie sprach mit meinem Vater. Sie bot ihm etwas von ihrem Salat mit Tomaten, Spinat und Couscous an, »normales Essen«, sagte sie, und er antwortete:

»Ich esse doch keine Landschaft!«

Die Kopps waren überrascht und brachen dann in Gelächter aus, lachten mit offenem Mund und alten, zusammengekniffenen Augen: Den Witz hatten sie noch nie gehört. Dass es kein Witz war, dass er wirklich nichts Pflanzliches oder auch nur im Entferntesten Grünes aß, wusste nur ich.

Beim Hinsetzen merkte ich, dass unsere Stühle weiter links standen. Ich saß Bertrand nun wieder gegenüber, obwohl ich meinen Stuhl zur Seite gerückt hatte, als ich aufgestanden war, um mir was zu holen. Anders als die anderen lachte Bertrand nicht über den Scherz meines Vaters. Ich auch nicht. Und wir sahen uns für ein paar Sekunden unverwandt an. Ich nahm mir vor, mich nicht aus der Ruhe bringen zu lassen: Seine ruhige, muskulöse, vergilbte Präsenz würde mich nicht in Alarmbereitschaft versetzen. Auch nicht seine durchscheinenden Marionettenaugen. Und plötzlich, als ich all meine Energie auf dieses Ziel bündelte, auf diese Herausforderung, schnellte Bertrands Pranke auf meinen Teller. Er griff sich zwei oder drei Zimtschnecken, ohne seine Murmelaugen von meinem Gesicht zu lösen. Durch den Schlag seiner enormen Faust auf meinen Teller sprang das silberne Messer hoch, prallte von meiner Brust ab und landete auf meinem Schoß. Alles ging ganz schnell. Und zum Glück war es abgerundet, nicht spitz, dieses Messer.

Alle sahen es. Niemand sagte etwas, nicht einmal mein Vater, nur ein Hochziehen der Brauen signalisierte Erleichterung, als der Ausflug des Messers ohne Schaden endete. Ich erschrak, aber mit Verspätung.

Zum zweiten Mal verhielten sich die Kopps, als hätten wir nicht gerade wegen Bertrand etwas Unnormales erlebt. Das Gespräch – an das ich mich nur ungenau erinnere, es ging um die Universität und Freunde von meinem Vater und Andrew – floss an Bertrand und seinem Unfug vorbei, und ich war aus irgendeinem Grund die Auserwählte, ihn zu ertragen, ihn zu beachten, mich um seine Ausfälle zu kümmern. Ich legte das Messer zurück auf den Tisch und sah, ohne hinschauen zu wollen, wie Bertrand die Zimtschnecken auseinanderpflückte, bevor er sie aß. Er zog die Blätterteigschichten eine nach der anderen ab und legte sie ordentlich auf den Tellerrand. Danach griff er mit der ganzen Hand nach dem Zimtherz, drückte es zusammen, als wäre es etwas deutlich weniger Klebriges, und stopfte es sich in den Mund. *Happs.* Er biss nicht ab, aß nicht nur ein Stück. Ganz, rein, *happs.* Dann kaute er langsam. Und das gleich noch einmal.

Ich weiß, dass ich leise ausatmete – auch jetzt, wo ich mich erinnere – und meinen Vater ansah, dann die Kopps und mich dann im Saal umschaute. Ich nahm es hin, dass niemand etwas tat. Immerhin gab es, wie ich dankbar registrierte, an diesem Tag keinen Sturzbach merkwürdiger und schriller Sätze. Um diese Mittagstunde beteiligten sich nur Andrew und mein Vater am Austausch von Worten. Nicht einmal Sonya griff ein, ihre Aufmerksamkeit lag auf einem Tee und ihrem Couscoussalat, den Blick zwischen den Getreidekörnchen versenkt. Manchmal schaute sie von ihrer irdischen Wolke zu Bertrand, und das nicht wirklich mit der Gleichgültigkeit und Selbstverständlichkeit dessen, der mit dem Kopf in den Wolken ist. Aber sie wendete ihren Blick gleich wieder von ihm ab, vor allem, wenn sie bemerkte, dass ich sie ansah. Dann war sie für einige Minuten unbekümmert, ohne merkliche Anstrengung, zurück im Nebulösen, bis sie ihn erneut ansah, und mich, und ich sie, und wieder von vorne. Und Andrew und mein Vater in ihrer Welt.

Es war das vielleicht unbehaglichste Frühstück meines Lebens. Alles war ungewiss, unbestimmt, unentzifferbar. Und da niemand beunruhigt schien, konnte ich auch nicht fragen, *was eigentlich los war*. Das war mehr als seltsam, dieser Gleichmut, mit dem Sonya und Andrew auf die unvermittelten Bewegungen jenes Mannes reagierten, auf sein Verhalten, das anders war als unser wohlerzogenes und gesellschaftsfähiges. Jener Mann ohne Identität, ohne Kontext, und dennoch genauso existent wie wir, die wir konkret und beschreibbar waren: ein angelsächsisches Paar, ein Universitätsprofessor, seine heranwachsende Tochter.

Schließlich erreichte mich ein tröstendes Stückchen Information, das diese Mischung aus Nachlässigkeit und Zuneigung erklärte, mit der die Kopps Bertrand behandelten. Wusste mein Vater eigentlich, wer dieser fünfte Gast war? Prüfend betrachtete ich seinen Gesichtsausdruck, um es herauszufinden, um über ihn zu erfahren, wer dieser andere war. Und wie ich ihn ansah, verspürte ich Zuneigung, vergaß alle anderen, nur das Gesicht meines Vaters war noch interessant. Genau wie ich genoss er leichtfüßige Begegnungen, den Kontakt zu Leuten wie den Kopps, das holte uns zurück, gab uns der Gesellschaft zurück, von der wir uns so leicht entfremdeten, wenn wir tagelang keine Reize von außen empfingen. Eine intensive Begegnung, ein machtvoller Eindruck genügten, um uns wieder in die Welt der Ideen zu holen; diese Welt, die wir teilten, in der Stille zu Hause. Die Ausflüge und Abenteuer waren notwendige Pausen und Erholung. Und mir gefiel die Vorstellung von der Freundschaft meines Vaters mit Andrew: Ich wusste, dass er meinen Vater mochte und schätzte, welche Rolle spielte es da, dass ich die Unterschiede wahrnahm? Wenn sie Freunde waren, mussten sie unter dem Strich etwas ganz Grundlegendes gemein haben. Sonya dagegen teilte nichts, mit niemandem. Sie versank ganz für sich in ihrem Schweigen. Und da erreichte es mich, jenes tröstende Stückchen Information:

»Wir haben zwei Söhne, ja, genau«, hörte ich Andrew sagen. »Juan, du kennst nur Bertrand, ich glaube, Andrew junior bist du nie begegnet. Wenn du bald mal nach London kommst ...«

Er sah zu mir herüber, alarmiert. Als erinnerte er sich plötzlich, dass ich da war. Nein: Er sah mich an, denn obwohl er so tat, als redete er mit meinem Vater, wollte er, dass ich es hörte:

»Bertrand ... Bertrand reist mehr als Andrew junior, soviel ist sicher. Nächste Woche fährt er nach Kairo. Er hat da eine Konferenz und eine Vernissage. Dieses Mal hat er uns begleitet, weil diese Woche sein Terminkalender erstaunlich leer ist.« Andrew war vollkommen ernst, kein Fältchen verriet Ironie oder Theatralik, doch ich musste trotzdem lachen, als er sagte: »Bertrands Frau ist nicht mitgekommen. Aber bei der nächsten Gelegenheit werdet ihr sie kennenlernen. Sie ist eine Frau, die … ich bitte euch: Kommt nach London.«

Ich hätte mein Lachen unterdrücken sollen, das wusste ich sofort. Aber ich lachte auch aus Nervosität, aus Unverständnis, weil alles immer nur noch absurder wurde. Trotz allem hatte ich auch nicht das Gefühl, das alles wären Lügen oder reine Fiktion, und just in diesem Moment fiel mir ein, was mein Vater im Flugzeug gesagt hatte: ›Alles, was Andrew sagt, ist gelogen. Alles. Du wirst schon sehen.‹ Das war keine Kritik gewesen, nur eine Beschreibung ohne einen Funken moralischen Urteils, hervorgebracht zudem mit einer gewissen zärtlichen Nachsicht. Aber hier starrten sie mich plötzlich an, Andrew und Sonya, ausdruckslos. Beleidigt. Die Kopps ziehen weder die Augenbrauen hoch noch heben sie die Stimme: Wenn sie sich ärgern, setzen sie ein Gesicht auf wie eine vom Meerwasser geschliffene Muschel, alle Spuren von Hass, jeden Ausdruck von Zurückweisung oder Missbilligung unterdrückt.

»Die *Frau* von Bertrand?«, fragte ich.

Der Gedanke war mir nie gekommen: Dass Verrückte wie Bertrand verheiratet sein, Ehen führen könnten. Ich hatte mich auch nie gefragt, was es über den Wert gewisser gesellschaftlicher Konventionen aussagt, dass sie nicht universell sind, und dass Menschen mit Behinderungen oder geistigen Einschränkungen nicht einfach heiraten können, Kinder haben, unabhängig sein, et cetera. Mein Gott, ich hätte nicht lachen dürfen. Aber ich hatte doch wohl das Recht zu widersprechen, nachzufragen, denn das war doch alles vollkommen unglaubwürdig: das Bild eines funktionstüchtigen und sogar erfolgreichen Mannes, das Andrew von Bertrand zeichnete – der sein Sohn war, hatte er das gesagt? Hatte ich richtig gehört? Dass er zu einer Konferenz nach Kairo fuhr, er, Bertrand, der zwischen zwei Autos eingequetschte Akrobat, der falschrum angezogen war? Und dann sollte er auch noch verheiratet sein. Das war nicht gelogen, das war ein überdimensionaler Witz. Aber sobald ich sprach und sie merkten, dass ich Andrews Worten, Erfindungen, Maskeraden nicht glauben mochte, als sie sahen, dass ich nicht mitspielte, einfach so, gingen sie wieder dazu über, mich zu ignorieren. Ich verstummte. Verwirrt saß ich dem ausdruckslosen Puppengesicht von Bertrand Kopp gegenüber. Und er war so durcheinander wie ich.

Und dann passierte es: die Sache mit der Hand. Bertrand kommunizierte wieder wie am Vortag, etwas rastete in seinem Möchtegernkünstlergehirn ein, und er redete mit mir, als wäre nichts passiert, als hätte er mich nicht eben gerade mit einem Messer beworfen, als hätte ich nicht seine ›Ehe‹ in Frage gestellt. Neben anderen unpassenden Dingen sagte er zu mir: »Die Frau von Bertrand? Bin ich denn nicht deine Frau?«

Mein Hals wurde schlagartig trocken, ich konnte nicht schlucken, als ich sah, wie er meine Gestik und meinen Gesichtsausdruck imitierte, die Art und Weise, wie ich die Augen zusammenkniff – genau wie mein Vater –, wenn ich eine Frage stellte. Ich weiß nicht, ob er sich über mich lustig machte oder mich nur imitierte wie ein Papagei, wie ein Baby, ohne Absicht, zu verletzen.

In ihre eigenen Geschichten versunken ließen die drei Erwachsenen mich damit alleine. Ich sage *damit*, weil – Bertrand war ein Ding.

Erst später lernt man sie, viel später, die große Kunst, die darin besteht vorzugeben, die meisten Dinge nicht zu hören, die man unfreiwillig vernommen hat; damals war ich noch nicht in der Lage, das mir angebotene Wort abzulehnen. Also ertrug ich das Ding Bertrand, vertiefte mich in seine Sinnlosigkeiten, wollte sie auflösen. Ich versuchte zu erklären, dass *nein*, dass ich nicht seine Frau war, wollte ihm zu verstehen geben, dass meine Beziehung zu ihm rein zufällig war, den Umständen geschuldet. Er verstand es nicht, beachtete mich nicht einmal, sprach über mich hinweg, fing an, mir seine *Skulpturen* zu beschreiben, und dann gab auch ich es auf, ihm zuzuhören. Um ihm vor meinem Abtauchen zu erklären, wer ich sei, wiederholte ich drei Mal, dass ich für meinen Vater das Gleiche war wie er für Andrew und Sonya. Seine Tochter, oder seine Begleiterin. Je mehr ich aber versuchte, vernünftig mit ihm zu reden, desto wahnwitziger wurde unser Dialog, und seine familiäre Bindung zu den Kopps bestätigte er mir auch nicht – er spannte vielmehr seine gehörnte Stirn an. Mir kam der Gedanke, dass vielleicht nicht einmal das stimmte, dass dieser Mann nicht einmal über das konkrete Attribut *Sohn von* verfügte, dass er sich vielleicht selbst geboren hatte und dass die Kopps ... – dass *alles, was Andrew sagte*, letztendlich ein einziger Schwindel war.

Vergiftetes Wunder: Andrew unterbrach Bertrands Redeschwall. Er flüsterte ihm etwas zu, was ich allerdings genau verstehen konnte:

»Schau Virginias Hände an.«

Sonya hatte ihn auch gehört. Sie hob den Blick von ihrem Teller, schüchtern, sah zu mir. Sie war schon wieder in Alarmbereitschaft, und schon wieder reagierte sie trotzdem nicht. Als wäre sie sich über etwas vollkommen im Klaren, das Andrew nicht einmal ahnte, und als müsste sie dennoch aus irgendeinem Grund die gleiche mysteriöse Kälte und Respektlosigkeit an den Tag legen wie ihr Mann. Als wären sie siamesische Zwillinge und keine unabhängigen Wesen mit eigenem Willen.

Bertrand gehorchte der Anweisung Andrews (*seines Vaters*, nehme ich an). Wie ein brunftiger Hund, der seinen Namen hört, schaute er meine Hände an – als hätten *sie* zu ihm gesprochen. Sie lagen beide auf dem Tisch. Er nahm sie ganz sanft, streichelte sie überraschend behutsam: Ich erwartete einen weiteren Prankenhieb. Sonya beobachtete meine Reaktion, die nicht kam, nichts, bis ich meine Hände mit minimaler Schroffheit zurückzog.

»Ich möchte eine Skulptur deiner Hände.«

Nein. Ich lenkte das Gespräch ab, wie tags zuvor. Aber heute war ich nicht neugierig, heute wollte ich zurück aufs Zimmer oder raus. Egal was, bloß nicht hier bleiben. Jetzt war ich weder stark noch nützlich. Jetzt verspürte ich Ekel und Erschöpfung. Und ich ahnte, dass Bertrand eine Zumutung war, eine Grenzüberschreitung, ein Spielzeug in menschlicher Gestalt, das am Ende mit mir spielen würde. Ich wäre ohne eine Erklärung aufgestanden und gegangen, wenn nicht mein Vater gewesen wäre, für den ich mich aus irgendeinem Grund verantwortlich fühlte, den alleine zu lassen mir leidtat; oder vielleicht wusste ich, mein Vater, so gut er auch meine Flucht verstünde – und mein Vater *verstand* alles, *akzeptierte* alles –, mein Vater würde nicht mit mir aufstehen. Und wenn ich nicht mehr da wäre, würde er sagen, liebevoll und überrascht: »Virginia ist ein bisschen empfindlich.« Wenn ich recht darüber nachdenke, befand ich mich in dieser Lage, weil mein Vater mich mitgenommen hatte – er hatte mich angefleht mitzukommen–, um bei der Preisverleihung mit dabei zu sein, bei der Andrew Kopp für irgendeine Studie oder einen Aufsatz über die Jahre vor dem Spanischen Bürgerkrieg ausgezeichnet werden sollte. Mein Vater lieferte mich, ohne es zu merken, Situationen aus, für die er sich später nicht verantwortlich fühlte – er machte mich dafür verantwortlich, nicht nur für meine Fehler, sondern auch für seine: *Sei vorsichtig.* Und danach sagte er *Verzeih mir*, immer *Verzeih mir*, und es gab nichts zu verzeihen, denn ich gab ihm keine Schuld, schuld war ich.

Was war an jener Situation falsch und was war richtig? Während er mich mit absurden Worten bedrängte, ergriff Bertrand wieder meine Hände. Hätte ich mich weniger abgestoßen gefühlt, hätte ich länger ausgehalten, aber um der in meiner Brust wachsenden Gewalt nicht nachzugeben, mischte ich mich in das Gespräch zwischen Andrew und meinem Vater ein, unterbrach abrupt den dialektischen Müll Bertrands und holte Sonya in unsere Gruppe:

»Hallo«, sagte ich. Anstatt mich zu beschweren oder um Hilfe zu bitten, hörte ich mich selbst sanft, klein, mädchenhaft sagen: »Wie sieht denn der genaue Plan für morgen aus, für den Festakt?«

Meine Stimme ekelte mich an. Mein beflissener Ton. Ich glaube, Bertrand bemerkte meine Finte nicht, mein verzweifeltes Ausweichmanöver, und ich verstehe nicht, warum es mir noch immer so schwerfällt, mich aus glitschigen Situationen herauszuziehen, warum ich im Magischen und Verletzenden verharre. Andrew, arrogant und brillant wie noch nie, zog die Augenbrauen hoch und schluckte herunter, was er im Mund hatte, um mir zu antworten. Er freute sich über mein Interesse, er verschlang es. Und obwohl mein Manöver gelungen war – ich war nicht mehr alleine im Kontakt mit Bertrand –, war ich traurig, empfand noch größere Ohnmacht. Ein Gefühl, das sich noch verstärkte, als mir der Gedanke kam, dass umgekehrt auch Andrew und Sonya bis zu diesem Moment, als ich den Mund geöffnet hatte, gedacht haben könnten, *ich* wäre die unnormale Tochter in der Gruppe, *ich* das ungeplante Element, das alles durcheinanderbrachte. Wer weiß: Vielleicht war es ja so. Vielleicht verhielt sich Bertrand gar nicht wie ein monströses Baby, sondern im intimen Kreise der Familie wie der würdige Künstler, der er war.

Aber – warum ihn dann mit nach Spanien bringen? Warum ihn zur Schau stellen? Mir schien, alles könnte sich dort und in jenem Moment in sein Gegenteil verkehren, auch er. Und wenn ich sage er, dann meine ich eigentlich uns alle, und auch uns beide, dich und mich.

»Der Plan für morgen, meine Liebe: Wir stehen *früh* auf«, Andrew zwinkerte meinem Vater zu, »und können von hier aus zu Fuß zum Theater gehen, wo die Preisverleihung stattfindet. Oder wir können uns bringen lassen.« Er strich sich mit der Hand über den Kopf, als hätte er auch nur ein einziges Haar zum Glätten und Streicheln, und sah uns an, einen nach dem anderen, Sonya, meinen Vater, mich. Bertrand nicht. Sonyas Zähne zeigten sich in einem Lächeln, es war das erste Mal, dass ich sie sah. Beide Knochen, ihr Gebiss sowie die Schädelform von Andrew, bestätigten mir, dass sie menschliche Skelette waren.

»Also gut, wenn ihr einverstanden seid, ist *mein Plan* der folgende: Wir kommen vor allen anderen im Theater an und besetzen die für die Königsfamilie reservierten Plätze!«

Mein Vater öffnete die Augen und schenkte sie mir im Geheimen, bevor er zu lachen anfing. Als wollte er mich wissen lassen, dass seine erste Reaktion jene war – Überraschung, sogar Missfallen –, er aber aus irgendeinem Grund bei Andrew lachen musste, ihn bestärken, ihm nicht widersprechen.

»Ich habe dir ja gesagt, er ist *verrückt*«, sagte er in versöhnlichem Ton zu mir, und als Andrew das hörte, verstand er es als Schmeichelei. Mein Vater vertraute darauf, dass ich seine Ambiguität erfasste. Er verstand sich auf die Zweideutigkeit der Sprache, er war in der Lage, etwas zu sagen und das Gegenteil zu implizieren, wenn er zur gleichen Zeit zwei Hörer zufriedenstellen wollte, wie jetzt Andrew und mich.

»Ich glaube nicht, dass wir einfach so ins Theater spazieren können«, antwortete ich und sah Andrew an. »Da ist doch bestimmt überall Security.«

»Ohne Security wäre es auch witzlos«, antwortete er. »Ich habe ja auch nicht vorgeschlagen, dass wir uns auf die für die königliche Familie reservierten Plätze *setzen*. Nur *unsere Sachen dalassen*, wie aus Versehen, bis es jemand bemerkt, gerade lange genug, um ein bisschen Chaos zu stiften, damit vor der Preisverleihung noch etwas Unerwartetes passiert. Ansonsten wird es doch sterbenslangweilig, das kann ich euch versprechen. Schaut mal: Wir kommen an, spielen unseren Streich und gehen dann zu den Häppchen in die Eingangshalle, bis dann um zwölf die Feier beginnt.«

Mir kam in den Sinn, zu fragen, *warum* wir das überhaupt tun mussten. Ich gab zu bedenken, dass wir den Ablauf völlig unnötig durcheinanderbringen würden.

»Wie ich gesagt habe. Wenn wir nichts Unvorhersehbares beitragen, wird es ein sterbenslangweiliger Vormittag«, wiederholte Andrew, und ich sah seine Frau und seinen Sohn an, ob von ihnen wohl Widerspruch zu erwarten war, oder wenigstens

Uneinigkeit. Aber niemand zeigte eine Regung, vielleicht waren beide, sowohl Bertrand als auch Sonya, darauf abgerichtet, keine Regung zu zeigen. »Ich habe es Sonya schon in dem Moment gesagt, als die uns das mit dem Preis mitteilten: Wir kommen nur, wenn Juan auch kommt, hey, Wiedersehen in Spanien!, und wenn wir den Tag nach unserem Gusto gestalten, also nicht ein My Ernsthaftigkeit mehr als unbedingt notwendig, wir haben unser Soll längst erfüllt. Und sie bat mich, im Gegenzug B. mitzunehmen. Phantastische Idee.«

›B.‹ Jetzt nannten sie ihn bei seinem Anfangsbuchstaben. Ich hätte es als unangenehm empfunden, dass sein Vater so von ihm sprach (nicht nur in der dritten Person, sondern wie ein Kennbuchstabe oder eine Kennziffer), wäre Bertrand nicht, wie ich schon sagte, ein Ding gewesen, und als solches folgte er dem Gespräch nicht und war auch nicht in der Lage, die Bedeutung oder den impliziten Spott zu erkennen. Andrew ahnte aber nicht, dass jemand anders als Bertrand selbst *für ihn empfinden* könnte, was er nicht begriff. Der Mann namens Bertrand war selbstzufrieden und lächelte, und plötzlich durchflutete mich ein unerwarteter Kummer, ein leichter Schmerz auf den Wangen und sogar im Kiefer. Er schien ganz in sich versunken, redete leise mit sich selbst, im Zwiegespräch mit meinen Händen. Ich wollte sie unauffällig unter dem Tisch verstecken, die meines Vaters suchen, aber als Bertrand sah, wie ich meine Hände bewegte, protestierte er mit einem animalischen Grunzen. Er, Prinz der unverständlichen Logik, des konstanten, dunklen, entpersönlichten Diskurses, stieß auf einmal gutturale und wütende Laute aus, die aber voller Sinn waren. Andrew bemerkte sein verzerrtes Gesicht. Er sah Sonya an, teilte ihr mit den Augen etwas mit.

»Virginia, lass deine Hände auf dem Tisch«, befahl sie, als wäre sie die Stimme ihres Mannes, als hätte der plötzliche Zorn Bertrands mit mir zu tun und nicht mit den Schikanen, die er vielleicht *doch* aus dem Mund seines Vaters vernahm.

Ich gehorchte, und das Biest beruhigte sich. Nicht lange, und er brabbelte wieder wer weiß was – Geräusche zwischen menschlich und tierisch –, und Andrew Kopp fuhr fort, achtlos, uns seinen verdrehten Plan auseinanderzusetzen. Mein Vater schwieg, aber er hatte den Rücken ganz gerade gegen die Lehne seines Stuhls gedrückt, war matter als sonst und nicht so unbeschwert.

»Wir werden das Theater durch die Hintertür betreten«, erklärte Andrew. »Die zu den Garderoben und in den Backstagebereich führt, nicht zum Foyer. Morgen wird dieser Trakt leer sein, weil es keine Aufführung gibt, das Theater bleibt wegen der Zeremonie den ganzen Tag geschlossen: Das stand heute früh in der Zeitung. Außerdem habe ich gestern zwischendurch die Gegend ausgekundschaftet und herausgefunden, dass die Namensschilder schon ganz früh am Morgen an den Sitzen angebracht werden. Damit fangen sie an. Wir gehen also rein, suchen die Plätze der Königsfamilie und lassen unsere Sachen *genau dort*. Wir spazieren hinten wieder raus und betreten das Theater dann wieder vorne durchs Foyer, als würden wir gerade ankommen. Mal sehen, was ...«

»Nein!«, brüllte Bertrand, hieb mit der Faust auf den Tisch und zerquetschte meinen kleinen Finger.

Ich schrie auf, zu laut für den geringen Schmerz, den er mir zugefügt hatte, aber ich kreischte vor Schreck, geschockt von der neuerlichen Attacke, die ich aber trotz allem für unbeabsichtigt hielt. Dass in meiner Reaktion seine Ungeschicklichkeit erkennbar wurde, beschämte Bertrand sofort: Und wieder hatte ich eher Mitleid mit ihm als mit mir. Unvermittelt vertauschten sich die Rollen, nicht der Täter war schuld, sondern das Opfer. Ich empfand es so, weil in seinem rosigen, plastikartigen, gedemütigten Gesicht etwas Ungewöhnliches lag. *Scham*? Ja, das drückten seine erschrockenen Augen aus, seine leicht angehobenen Arme, bereit zu helfen. Wem wollte er, wem *konnte* er helfen? Ich hätte ihm ein Gefühl für Peinlichkeit nicht zugetraut. Hätte man mich vor diesem Morgen darum gebeten, von Bertrand zu erzählen, so hätte ich ihn als jemanden beschrieben, der nicht in der Lage sei, sich selbst zu beurteilen, auch wenn die genetischen oder psychischen Ursachen für dieses Defizit mir verborgen waren und blieben.

Der junge Kellner kam aus der Küche, kaum dass er das Kreischen hörte und das frenetische Ruckeln an Bertrands Stuhl. Es hallte im gesamten hell erleuchteten, blitzsauberen und praktisch leeren Speisesaal wider. Nun wollte sich Bertrand, »B.«, entschuldigen, seine Reue über den heftigen Faustschlag ausdrücken, aber jeder seiner Versuche, das Richtige zu tun oder das Normale, war noch verkehrter, noch desaströser, als wollte ein Fuchs die Bewegungen einer Taube imitieren, die er nicht ist, mit Flügeln flattern, die er nicht hat. Er fing an, meine gequetschte Hand zu streicheln, auf eine klebrige, aber kalkulierte Art, und vor allem voller Hoffnung. Er nahm meinen kleinen Finger, der geschwollen und rot war, und ließ den seinen vom Knöchel bis zum Nagel gleiten, zuerst langsam, dann immer schneller, sah mir dabei in die Augen, um meine Reaktion zu sehen, um in ihnen, denke ich, seine Erlösung zu finden. Der Kellner war schon fast bei mir, ich sah aus dem Augenwinkel seine dunkelrote Uniform, aber er traute sich nicht näher heran.

Die Gesellschaft, schon die simple Anwesenheit von mehreren Leuten ist unerträglich, nicht nur die von Bertrand. Es genügt, bei jemandem etwas im Inneren zu erahnen, einen ungelösten Kampf im Blick, in der Mimik, den Berührungen, und ihn neben sich zu wissen wird zu einem unfreiwilligen, unvorhergesehenen Krieg. Es ist gar nicht nötig, dass sie uns angreifen, sich überhaupt bewegen; wenn wir sie fest angucken, verrät sie ihr Verhalten. Ich gehöre zu denen, die sich heute noch verweigern, nur um sich morgen ohne Schwert und Schild ins Getümmel zu werfen. Der Feind ist unerträglich, wenn er einem gleicht, dafür wurden Schlachtfelder erfunden. Sie geben der Selbstzerstörung einen legitimen Anstrich. Du weißt das, aber ich schreib es hier auf, um dir mitzuteilen: ich auch.

»Bert.«

Sonyas männliche, scheinbar gleichmütige Stimme unterbrach nicht das nervöse, epileptische Vorgehen Bertrands, der nun also ›Bert‹ war.

Andrew und mein Vater hatten aufgehört, ihren für die Zeremonie geplanten Streich zu besprechen, und dennoch intervenierten sie auch jetzt nicht. Auf dem Schlachtfeld wirkt die gefasste Haltung von ruhigen, eleganten, vermutlich vernünftigen Männern beunruhigender als die Verrücktheit und Gewalt von jemandem wie Bertrand. Andrew sah seine Frau an, als könnte oder sollte allein sie etwas tun. Und mein Vater mich, auf die gleiche Weise. Unvermögen, Unkenntnis, Unschuld: Was unterscheidet sie, wie weiß man, welches was ist?

Und wenn es *Unfähigkeit* war? Die Unfähigkeit, sich nach den Maßstäben dessen zu verhalten, was er fühlte, glaubte oder liebte, war nicht nur ein Merkmal der Krankheit meines Vaters, als sie kam. Auch bei Gesunden ist Willensschwäche ein unheilbares Virus, eine degenerative Erkrankung. Für Überraschung zu sorgen, vielleicht sogar für Ekstase und Glück, das ist kein Verdienst. Was uns als Menschen ausmacht – denn es unterscheidet uns von Füchsen, Kaninchen, Tauben –, ist das Ausmaß, in dem wir Leiden lindern, wie wir uns ihm stellen, ob wir für andere in die Schlacht ziehen – für Bertrand – und dabei den Schild vergessen, der uns beschützt und eigentlich doch von jenen trennt, die wir zu lieben behaupten.

So endete der Morgen: Alle hinter ihren Schilden außer Bertrand und mir; kaputtes Geschirr und Silberbesteck auf dem Boden; Krämpfe, die den Tisch beben ließen. Vielleicht hatte der Kellner geahnt, dass Bertrands zitternde Glieder dies auslösen würden, und darum hatte er sich uns langsam genähert: Damit wir, seine ›Stargäste‹, uns für unsere Untaten so wenig schuldig wie möglich fühlten. Ich weiß, so läuft es bei Leuten wie den Kopps und ihren Begleitern. Es ist Teil ihrer fatalen Anziehungskraft: Sind wir bei ihnen, hat nichts Gewicht, sind wir bei ihnen, dürfen wir tun und lassen, was wir wollen, sind frei. Bestenfalls beneidenswert ungeschickt.

Ach, Sonya! Ich weigerte mich auch damals schon, meine Vorbehalte dir gegenüber zu akzeptieren. Sie waren die – durchaus gewaltsame – Keimzelle meiner Liebe. Und die Geringschätzung, die du mir schweigend entgegenbrachtest: Sie war die Keimzelle von noch etwas anderem.

Nichts geheimnisvoller als das: Ich bin sicher, dass Sonya mich hasste, weil sie sich in mir gespiegelt sah. Sie erkannte mich von Gleich zu Gleich, so wie ich sie, und zugleich an entscheidenden Punkten verschieden, im Charakter, im Alter oder in der Unwissenheit, die sie noch gern mit mir geteilt hätte. Sie trug ein trauriges Wissen in sich, das mich noch nicht verdunkelte, noch nicht. Die Feindseligkeit, die sie wie einen kleinen Stein auf mich warf – einen Stein, der mich noch nicht erreichte, noch würde ich mit meinem Vater nach Madrid zurückkehren –, die verriet, dass *ihr nicht alles so egal* war, wie sie sich vorzugeben bemühte, wenn sie angesichts der kaputten Teller und ihres Sohns die Augenbrauen hochzog, gefasst und außer sich.

Sie beugte sich zu ihm und flüsterte etwas.

»Es tut mir leid«, sagte Bertrand. Er sah mir fest in die Augen, als könnte er sich ganz direkt mitteilen, ruhig und normal. Wie ein Roboter wiederholte er Silbe für Silbe, was Sonya ihm ins Ohr buchstabiert hatte: *Es-tut-mir-leid.* Und dann sie, Sonya. Nachdem Bertrand ausgesprochen hatte, was nicht seine Idee gewesen war, was wir aber alle, auch er selbst, hatten hören müssen, da lächelte Sonya mir zu. Genauer gesagt, sie zeigte mir ihre Zähne.

Ich aber hatte kein Gefühl für die Art Versöhnung, die sie mir aufdrängen wollten. Bertrand ließ mich los. Nicht nur mein kleiner Finger war zerquetscht, sondern nun auch alle anderen der rechten Hand, die Bertrand während seiner Krämpfe umklammert gehalten hatte. Ich spürte eine seltsame Wut, die sich gegen niemanden Bestimmten richtete, und als ich vom Tisch aufstand, um zu gehen, riss ich mit meinem Schuh die Tischdecke und die meisten der Teller und halb ausgetrunkenen Tassen mit. Unter dem Eindruck dieser Katastrophe und den erschrockenen Reaktionen der Kopps und meines Vaters gab Bertrand seine künstliche, ihm aufgedrängte Ruhe auf und fing wieder an zu fuchteln und zu reden wie ein ekstatischer Affe, der etwas anfangen möchte mit den Gefühlen und der Begeisterung, die er bei denen auf der anderen Seite der Gitterstäbe sieht.

Sonya stand abrupt auf. Mit der Absicht, ihn mitzunehmen, frustriert, aber zum ersten Mal entschlossen. Der Kellner hatte – das sah ich am Farbenspiel seiner Wangen – solche Verheerungen nicht erwartet, nicht diese übermäßige Ungeschicklichkeit, da er aber alles daransetzte, seine anfängliche Höflichkeit zu bewahren, musste sein Lächeln uns weiterhin entschuldigen. Die Kinder am Familientisch schrien und verlangten von ihren Eltern, zu uns herüberzublicken; die Eltern mahnten sie zur Ruhe konnten aber den Blick nicht von uns abwenden. Und das Letzte, was ich hörte, war Andrew, der zu meinem Vater sagte: »Manchmal ... habe ich den Eindruck, der arme Kerl zieht eine seiner Shows ab, wenn er das Gefühl hat, ihm wird die Hauptrolle genommen. Er erträgt es nicht, dass ihr mir zuhört und er nicht weiter im Mittelpunkt der Aufmerksamkeit steht.«

Mein Vater hob seine Tasse vom Boden auf, schaute hinein, als suchte er darin eine Antwort, und lachte, zog diese Grimasse, die er immer zieht, wenn er seinem Gegenüber ein gutes Gefühl geben möchte. Sein Gesprächspartner soll sich wohlfühlen, wenn er auch das Gegenteil von dem empfindet, was er ausspricht: »Alles gut, alles gut. Das geht allen Künstlern so, oder?«

Als wir endlich den Speisesaal verlassen hatten und im Foyer standen, wies mir Sonya den Weg zu den Toiletten im Erdgeschoss.

»Diese Kaffeeflecken gehen mit ein bisschen Seife raus«, sagte sie und berührte mich zum ersten Mal.

Ich wollte nur noch auf mein Zimmer, alleine sein, ganz gewiss weinen. Warum weinen? Allerdings hätte Sonya es nicht zugelassen, dass ich mit ihnen in den Fahrstuhl stieg, sie wollte mich im Bad wissen, während sie mit Bertrand hochfuhr. In welches Zimmer? Später wollte ich an der Rezeption fragen. Jetzt gehorchte ich, wieder einmal. Von den beiden Männern am Tisch im Speisesaal erklang schon wieder Gelächter herüber: Andrew erklärte meinem Vater wohl gerade das Ende seines Masterplans.

Meine Neugier teilte sich auf zwischen dem, was sie sagten, dem, was im Fahrstuhl vor sich ging, dessen Türen sich schlossen, und meinem Inneren, wo sich etwas abzeichnete, Kreise zog, ganz naheliegend, zugänglich, aber mir in Wirklichkeit vollkommen fern. Eine wilde, unterirdische Ausgrabung.

III

An diesem Abend kam mein Vater, der den Tag mit Andrew verbracht hatte, relativ früh zurück in unser Zimmer.

Ich war dageblieben und hatte geschrieben, war eher ruhig als niedergeschlagen. Ich vergaß das Vorgefallene, andere Leute, andere Schauplätze beschäftigten mich jetzt. Meine Hand funktionierte wie immer; Bertrand, der Koppkobold, hatte meine Finger trotz allem nicht verletzt. Meine Wut verrauchte, nach und nach, je mehr meine Geschichte Form annahm. Nach einer Weile durchsuchte ich meinen Koffer, ich wollte mein Outfit für die Zeremonie am nächsten Tag auswählen. Ich nahm die beiden Kleider heraus, die ich mitgebracht hatte, und breitete sie auf dem faltenfrei glatten Bett aus. Ich zog mich aus und probierte die erste Option: ein langes schwarzes Kleid ohne Ärmel, im Ausschnitt und von den Knien abwärts bis zu den Knöcheln transparent. Dann zog ich mich wieder bis auf die Unterwäsche aus, legte das Kleid auf das Bett. Aber anstatt das zweite anzuziehen, blieb ich stocksteif vor dem Spiegel stehen. Wie seit ein paar Monaten betrachtete ich neugierig dieses merkwürdige Wesen, das mir nicht einmal besonders vertraut war. Wie eine Katze näherte ich mich dem Spiegelbild, als gehörte es einer anderen. Einer anderen, die dennoch ich besaß und führte. Führte? Ich frage das, sicherheitshalber, glaube es aber nicht. Prüfend betrachtete ich meine Augen, meine Gesichtszüge. Aber *ihre* weichen und schlanken Schultern, *ihre* Hände voller Finger, die auf jedes Verlangen von mir antworteten. Sonya. Nein, Bertrand.

Bertrand: Als ich klein war, kleiner noch als damals, ein Kind, war ein immer wiederkehrender Gedanke, dass es mir nichts ausmachen würde, stumm zu sein oder gelähmt, an einer Krankheit zu leiden, die mich körperlich oder sozial beeinträchtigte. Die Kranken organisieren sich ihre Welt neu, dachte ich, sie leben auf eine eigene, undurchdringliche Art, ihr Körper ist ein Geheimnis, aus dem das einzig Wahre kommt: Das, was man nicht sagen kann. Nur wenn wir humpeln oder uns eine Erkältung einfangen, fragen wir Gesunden uns, was es bedeutet zu gehen, zu atmen. Wie man spricht, ohne dass es wehtut und ohne zu verletzen, und was die Stille mit der Liebe zu tun hat. Krank werden hieß, alles überdenken, alles neu erlernen: gegen einen Widerstand leben. Der Widerstand: das Einzige, was dich lehrt zu leben.

Als ich mir vor Jahren das Handgelenk brach, konnte ich monatelang keinen Stift halten. Seitdem bin ich extrem vorsichtig mit meinen Händen. Alles Übrige – Sprechen, Bewegung, sogar der Verstand – war egal, ist egal.

Dein unbeabsichtigtes Vergreifen an meinen Fingern, Bertrand, als wüsstest du, was du tust, wie du mich richtig verletzen kannst, und als wüsstest du auch, da sie, die Finger ja so klein und unbedeutend sind, würde ich mich nicht beschweren können über ein Drücken oder einen Schlag auf die Hand, statt ins Gesicht oder auf die Schultern oder auf die Brüste.

Dass meine Vorstellung sich mit Bildern von Sonya – nein, von Bertrand – füllte, eintrübte, während ich meinen nackten Körper im Spiegel betrachtete, beunruhigte mich nicht. Ich schämte oder wunderte mich nicht, bis plötzlich mein Vater das Zimmer betrat; erst da wurde mir bewusst, was ich tat, dass ich auf meiner inneren Bühne Bertrand verwünschen und zugleich sehen wollte, berühren, sein Leben verstehen. Ich wollte ihn beschuldigen, um seine Reaktion zu sehen, ihm Gewalt antun, um ihn zu mögen, ohne seine Unterwerfung zu spüren: die meine. Die Zimmertür öffnete sich mit einer lautlosen Karte, kein Geräusch von Schlüsseln, das mir Zeit gegeben hätte, mir etwas anzuziehen oder jenen intimen und fernen Raum zu verlassen. Ich wäre fast zu Tode erschrocken, als mein Vater auf einmal hinter mir in dem riesigen Spiegel auftauchte, der die ganze Wand einnahm.

»Ich gucke nicht, ich gucke nicht!«

Er ging rückwärts zur Tür zurück, die Hände theatralisch auf die Augen gelegt. Er wartete draußen, auf dem Gang. Ich rief ihm etwas zu, schon wieder lachend, und zog mich ohne übertriebene Eile an.

»Fertig. Kannst reinkommen.«

Als er wieder ins Zimmer trat, trug ich das schwarze transparente Kleid. Er sah mich von oben bis unten an, als würde er mich nicht erkennen, obwohl ich ihm das Kleid am Abend vor unserer Abreise gezeigt hatte. So wie er mich jetzt musterte, erkannte auch *ich* ihn nicht wieder: Da war kein Vater bei mir, sondern ein Mann. Ein gewöhnlicher Mann überdies, einer wie hunderte, tausende andere: ein Kaninchen in Hemd und Hosen. Er merkte es selbst – mein Vater, nicht der Mann –, und seine Augen wurden wieder zu denen, die ich kannte und liebte, krummbeinig ging er zum Fenster, suchte etwas im Nachttisch, vermied es, mich anzusehen. Wenn wir etwas sagten, dann ohne Blickkontakt.

Als seine Krankheit kam – vielleicht erwähne ich sie, weil es unsere letzte Reise war, bevor dieser Eindringling alles veränderte –, als die Krankheit kam, eine, die ich nicht kannte und die ich nicht mehr idealisieren konnte wie als unwissendes, phantasievolles, fröhliches Kind –, als sie also kam, öffnete sie die Tür und fegte dieses Bewusstsein weg, diese Selbstkontrolle, die uns zu zurückhaltenden, anständigen Menschen macht. Damals aber, wollte ich sagen, damals war er noch er selbst. Wir verbrachten nur ein paar Tage mit den Kopps. Ach, ich weiß nicht. Vielleicht ist im gesunden, unschuldigen oder jungen Mann schon alles unsichtbar angelegt. Eigentlich glaube ich das nicht, aber wenn ich aufgebe und erliege, dann sage ich mir: Das Kranke ist wie das Perverse immer gegenwärtig, stumm wartet es darauf, aufgerufen zu werden, die Bühne betreten zu dürfen, hervorzutreten, sich zu zeigen. Wie gesagt, ich glaube das nicht, aber ich schreibe es auf, nur für den Fall.

»Es sieht sehr gut aus an dir«, sagte er nach einer Weile. Er machte ein witziges Geräusch mit dem Mund, mit den Lippen, als hätte er gerade etwas Köstliches gegessen. »Zu gut vielleicht.«

»Zu gut für was?«

»Zu gut für *wen*. Aber es steht dir ganz ausgezeichnet. Und du bist ja auch nicht mehr klein. Pass einfach ein bisschen auf.«

»Immer bittest du, ich solle mich vor bestimmten Dingen hüten, sie fürchten oder ihnen ausweichen, anstatt mich ihnen zu stellen. Und ich mag es nicht, wenn du mich so anschaust, so mitleidig.«

Mitleidig war nicht das Wort, aber mir fiel kein besseres ein. Zu meiner Überraschung war er nicht erstaunt. Seine Holzaugen verengten sich, wurden sanft.

»Es gehört zu den väterlichen Aufgaben, Angst um die eigenen Kinder zu haben, eher feige zu sein statt würdevoll, ich bin sicher, das wirst du verstehen, wenn du es selbst bist.«

»Ich werde niemals Vater sein.«

»Das stimmt. Wenn du Mutter bist. Deine Prinzipien werden erschlaffen und du wirst sie nur noch beschützen wollen, deine Kinder.«

»Nein«, sagte ich. Und ich lächelte, während ich ihn ansah, denn mehr als alles andere mochten wir es, einander kalt zu erwischen, etwas für den anderen Unerwartetes zu sagen. So vermied ich es auch, mich auf seine Gedankenspiele einzulassen oder mit ihm zu philosophieren. Ich weigerte mich, ihn als *Gesprächspartner* zu behandeln und mich von ihm als eine *gute Schülerin* behandeln zu lassen. Von konkreten Dingen zu sprechen war immer zielführender. Er wusste das.

»Erzähl mir, was mit den Kopps ist. Wo kommt dieser Sohn her, dieser Bertrand? Ist er adoptiert?«

»Wie, woher er kommt?«

»Und warum sagte Andrew gestern, du wärst vielleicht in der Lage, ihn zu beruhigen? Als du noch geschlafen hast, hat er dich gesucht, damit du in diesem Chaos eingreifst. Er wollte *dich*.«

Er legte sich aufs Bett, in einer Haltung, die unbequem wirkte. Er zog sich die Schuhe aus. Ich warf mich neben ihn, mit Kleid und Schuhen und allem. Ich konnte sehen, wie er nachdachte und wie er unwillkürlich die Mundwinkel bewegte, das machte er immer, bevor er über etwas sprach, was er ohne mein Drängen nicht sagen würde. Er drehte das Zigarettenpäckchen in einer Hand.

»Der Sohn ist ... gewissermaßen auf mich fixiert. Aus irgendeinem Grund benimmt er sich, wenn ich dabei bin. Als ich die Kopps das letzte Mal in London gesehen habe, gab es einen ähnlichen Zwischenfall. Und wir stellten fest, wenn ich ihn beachtete, oder gut, wenn ich jedenfalls vorgab, mich für ihn zu interessieren, dann benahm er sich.«

»*Sich benehmen* würde ich das nicht gerade nennen.«

Ich bemerkte Verachtung in meiner Stimme, als ich von ihm sprach. Ich wollte gar nichts mehr von Bertrand wissen, alles, was von ihm kam – anscheinend unbedacht, zusammenhanglos, unmöglich, ihm die Schuld zu geben –, alles kam mir wie ein Übergriff vor, wenn nicht von ihm, dann von denen, die sich um ihn kümmern sollten. So sagte ich es ihm, meinem Vater. Hinsichtlich von fast allem war unser Empfinden verschieden. Wir konnten das Gleiche erleben und das Gegenteil empfinden, eine Situation, eine Wohnung, eine Wiese teilen und danach Geschichten erzählen, die kaum vergleichbar waren: Er vom Unkraut, ich vom Kaninchen. Aber da gab es ein Gemeinsames, das uns erlaubte, einander zu hören, zu verstehen. Nichts hinderte mich, ihm zu sagen, was ich sah. Er nickte:

»Ich dachte, du hättest es bemerkt, aber *verzeih mir*, wenn es nicht so ist ... Ich weiß nicht genau, welche Störung Sonyas Sohn hat. Ich habe immer angenommen, es handele sich um eine Art Aphasie, einen sich mit den Jahren verstärkenden Autismus, oder ein ausgeprägtes Tourette-Syndrom. Oder etwas nicht Diagnostizierbares, eine seltene Krankheit. Seit bald dreißig Jahren kenne ich Andrew und Sonya. Und immer, wenn ich sie danach fragen wollte, wechseln sie das Thema oder geben vor, die Situation nicht zu verstehen: der Sohn. Es ist ziemlich unangenehm, Worte zu suchen und nach etwas zu fragen, was sie selbst ignorieren oder verbergen, wer weiß, warum. Also habe ich mit der Zeit aufgehört zu fragen. Bei guten Freunden, und Andrew ist einer von ihnen, lernt man, die Grenzen zu respektieren und zu vergessen, was man nicht versteht. Ich glaube übrigens, dass Bertrand nur Sonyas Sohn ist, aus ihrer ersten oder zweiten Ehe. Obwohl Andrew ihn wie einen Sohn behandelt.«

»Andrew behandelt ihn nicht wie einen Sohn«, widersprach ich.

»Ich meinte, dass er ihn seinen Sohn nennt. Sie sagen, dass er ihrer beider Sohn ist. Ich weiß nicht mehr, was wahr ist. Wie ich dir schon sagte, Andrew schwindelt ja in einem fort.«

»Warum denn?«

Das war nicht meine Frage. Meine Frage war eigentlich, warum meinen Vater diese Lügen nicht störten. Warum er so eng mit einem Mann befreundet war, den er ganz offen und immer wieder als notorischen Lügner bezeichnete. Aber in dem Moment klopfte es an der Tür und mein Vater erschrak und sah mich an, als hätten wir etwas Schlimmes getan, als hätte man uns gehört, und das wäre eine Katastrophe. Er stand auf, als er sah, dass ich nicht reagierte. Er setzte einen anderen Gesichtsausdruck auf, die Mundwinkel verhärteten sich gehorsam und er öffnete die Tür mit einem gekünstelten »Ja?«

Ich konnte nicht sehen, wer es war, aber ich hörte, dass er meinen Vater siezte und dass der mit seiner Bediensteten vorbehaltenen Stimme antwortete, das Timbre zwischen romantisch und herablassend.

Nach einem kurzen Gespräch schloss er die Tür und nahm wieder seine unbequeme Position auf dem Bett ein.

»Wer war das?«

»Nichts, niemand. Sie wollten uns nur daran erinnern, wann und wo wir morgen abgeholt werden, um mit den Kopps zum Theater zu fahren. Ich hätte ja gedacht, dafür kann man auf dem Zimmer anrufen, anstatt uns hier zu unterbrechen.«

Niemand hatte irgendetwas unterbrochen. Und die Geringschätzung in seiner Stimme passte nicht zur verführerischen Liebenswürdigkeit, die er dem Personal gegenüber zeigte, auch zu Hause, in Madrid. Mich wunderte seine Art, sich zu unterhalten, wie er großzügig lächelte, mit übertriebenem Nachdruck den Putzfrauen dankte, den Kellnern, den Taxifahrern: Es waren einfach nur Leute, die ihre Arbeit machten, so wie er in der Universität, nicht mehr und nicht weniger. Dieses Verhalten zeigte er in bester Absicht, und mit einer Art schlechtem Gewissen, das weiß ich, weil ich sein Herz kenne. Aber auch mit schlecht kalibriertem Mitgefühl, unter dem Strich irgendwie *falsch*. Niemand hatte irgendetwas unterbrochen. Später theoretisierte er über Leute, deren Verhalten ein ›hemmungsloses Oberklassenbewusstsein‹ verriet, wie viele seiner Freunde, aber vielleicht waren die aufrichtiger als er mit seinen verschleiernden Manövern. Ich weiß es nicht, und es spielt auch keine Rolle.

Er sah mich an, als wäre die Luft nun rein.

»Die Sache ist ja die: Wie du gemerkt haben wirst, sind Sonya und Andrew, sie selbst sind ... etwas *eigen*. Ich glaube, das ist der Punkt. Da sie der britischen *High Society* angehören, haben sie aus ihrem minderbegabten Sohn einen kunstbegabten Sohn gemacht. So stellen sie ihn vor, als Künstler, hast du ja schon gesehen. Jetzt guck mich nicht so an!«, sagte er und musste bei meinem spöttischen Lachen selbst lachen, und das war es eigentlich auch, was es bezwecken wollte: ihn zum Lachen bringen. »Es ist total seltsam, das streite ich gar nicht ab, aber ich habe mich daran gewöhnt. Macht es dir etwas aus, wenn ich rauche?«

Er zündete sich eine Zigarette an, ohne auch nur das Fenster zu öffnen. Ich war viel zu irritiert von seiner Erklärung, um zu protestieren, und musste wieder lachen, im Stillen, weil er allen Ernstes *mich fragte*, ob er rauchen dürfe: Er fragte niemals, niemanden.

»Ich hätte dir sagen sollen, dass Bertrand mit ihnen kommt, aber das war mir entfallen. Und es ist ja wirklich erstaunlich: Der Junge, na, der Mann inzwischen, er hat eine gewisse Begabung für die Bildhauerei. Ich habe es ja selbst nicht geglaubt, natürlich nicht, wie ich auch nicht glaube, dass er verheiratet ist, bis ich sein … Atelier in London gesehen habe. Er hat sehr spezielle Skulpturen. Sie befinden sich auf einem Schiff, das ihrer Familie gehört, der von Sonya. Ich bekam auch keine Antwort, das weiß ich noch genau, als ich fragte, wo er die Skulpturen ausstellt. Aber es gibt sie, sie werden erschaffen, auf diesem Schiff außerhalb von London, das kann ich dir versichern. Nicht garantieren kann ich, dass es *seine* sind, aber dass sie dort sind und sie ihm auf irgendeine Art und Weise gehören. Sag mir, wie du das siehst, aber ich finde, wenn man *nicht zu genau hinguckt*, kann Bertrand schon als Künstler durchgehen. Ein vielseitiger Künstler, ein *Performer*, ein Alleinunterhalter, irgendeine dieser unpräzisen Kategorien, die nichts bedeuten. Wenn er spricht, ist sein Reden viel zu unverständlich, dennoch *scheint* es noch eine Art Diskurs zu sein. Wie aus einer anderen Welt. Und das ..., das haben Kranke und Künstler gemein, je nach Blickwinkel, oder nicht?«

Die Asche hing von seiner Zigarette herunter und drohte zu fallen, doch er rettete sie gerade noch rechtzeitig. Ich hörte ihm so aufmerksam zu, dass mich weder die Asche noch die Zigarette so nah an den Laken beunruhigten. Die Bewegung seiner Augen verriet mir nun, dass sein letzter Gedanke – über das Kranke und die Kunst – eine spontane Eingebung gewesen war, beim Formulieren entstanden, auch wenn er wie eine wohlüberlegte Schlussfolgerung wirkte. Und er ergänzte:

»Tatsächlich ist es ja so, dass Bertrand nur so lange als Künstler durchgeht, wie du *nicht* zu genau hinguckst. Wenn du ihn dir aber genauer anschaust, ist es offensichtlich, dass ... Naja, mir kommt es jedenfalls so vor. Oder?«

»Dass was?«

»Dass er ein verrückter Freak ist.«

»Ja«, sagte ich.

»Ja«, wiederholte er und schaute mich dabei mit großen Augen und einem unterdrückten Lächeln an, als würde er eine unsagbare Wahrheit aussprechen, und zog eine wachsame, bewusste Grimasse, bewusst darüber, wie ungeniert wir Wörter benutzten, die man nicht benutzen sollte. »Aber seine Skulpturen, wenn es denn seine waren, die waren nicht schlecht. Vielleicht ist es ... Kunsttherapie, eine Art alternative Behandlungsmethode, sowas in der Art, keine Ahnung, Virginia, und die Kopps werden es niemals aussprechen. Andrews und Sonyas großes Glück ist ja, und das kosten sie aus, dass ihr müßiges Leben *genau darin* besteht, dass niemand allzu genau hinschaut. Man sieht alles und schaut nichts an. Und so geht Bertrand als unausstehlicher Virtuose durch, so tiefsinnig und erleuchtet, dass ihn niemand verstehen kann. So müssen sie ihn nicht einmal verstecken. Sie stellen ihn zur Schau. Er ist ...«

»Nein! Er ist wie ein Papagei! Wie ein Zirkusnilpferd, das rülpst!«

Er musste lachen, verschluckte sich und war gezwungen, sich auf eine etwas weniger komplizierte Weise hinzulegen, Bauch nach oben. Ich wollte nur etwas Lustiges sagen, der Situation die Schwere nehmen, aber eigentlich wuchs mit dem Fortgang unseres Gesprächs meine ernsthafte, tiefe Neugier. Warum machten sie lieber sowas, die Kopps, anstatt ihren Sohn auf herkömmliche Weise zu behüten? Familiäre Unterstützung, Medikamente, Absprachen, Verbindlichkeiten: was auch immer nötig wäre, um Bertrand dabei zu helfen, zu leben, ihn in einer Art, die sein Körper und Geist zuließen, am Leben teilhaben zu lassen. Vielleicht, dass er dann – wenn sich jemand an *ihn* anpasste, anstatt ihn zwischen Leute wie *uns* zu pferchen – nicht mehr störte, nicht behindernd, bedrohlich wirkte. Wenn Bertrand sich bewegte oder sprach, *wirkte er bösartig*, aber das war unmöglich. Wer die Situationen aufmerksam betrachtete, konnte sehen, dass die Kopps ihn leiden ließen und mit ihm alle Beteiligten, die wir mit einem Wesen umgehen mussten, von dem wir nicht genau wussten, wie wir es zu behandeln hatten. Wenn er nicht war wie wir, war er intellektuell unterlegen – oder geistig überlegen? Erst wenn wir die Unterschiede benennen, ist es möglich, einander als Gleiche zu begegnen; bis dahin wird alles von der Ambivalenz vereinnahmt. Aber davon sagte ich meinem Vater nichts. Das Gespräch noch weiter in die Länge zu ziehen wäre künstlich gewesen, das wusste ich. Ich konnte ihm eine oder zwei ehrliche Beobachtungen abringen, aber alles Weitere wäre halbherzig geworden, voller unbewusster Vorurteile, am Ende wäre ich frustriert und hätte keine Lust mehr, ihm weiter meine Gedanken, meine Ängste anzuvertrauen. Deshalb der Humor, der alles einfärbte. Das meine ich damit, dass wir Freunde waren. Wir waren einander Gesellschaft, Zuneigung, gute und zerbrechliche Absichten: nichts von väterlicher Rettung, kindlicher Ehrfurcht, nichts war göttlich, nichts absolut.

Inzwischen habe ich die Antwort, die ich damals noch nicht hatte und nach der ich nicht einmal fragte. Die Krankheit neu zu erfinden, sie in *etwas anderes* zu verwandeln ist die einzige Möglichkeit, mit ihr umzugehen: mit dem Kollaps des Lebens und der vermeintlichen Identität. Das weiß ich aus erster Hand, denn niemand wollte *ihn* noch angucken, meinen Vater, meinen Freund, meine Liebe, als er erkrankt war. Ihn als das sabbernde, außerirdische Wesen zu sehen, zu dem er bald wurde. Seine nicht fokussierten Augen hier, bei mir, aber so fern und erloschen wie nie zuvor, sie waren sich ihres Erlöschens nicht einmal bewusst. Als würde man den Tod ansehen: ein Eindringling, Eindringling in diesem sonnigen, lachenden, kaninchenartigen Menschen meiner Tage mit den Kopps. Sogar ich vermied es, ihn anzusehen, konnte es aber nicht: Wie sollte ich an seiner Seite bleiben, während er starb, aber vor allem, *wie sollte* ich ihn *nicht* beim Sterben betrachten? Seinen Verfall beschreiben, sein Gesicht fotografieren, so vertraut und fremd zugleich. Und wenn es mir gelang, mich von ihm loszureißen, ich, das Unkraut seiner Wiese, und mich in eine andere Welt warf – eine gesunde, saubere, helle –, sogar dann übertrug ich seine körperlichen, sprachlichen, dementen Merkmale auf meine Figuren. Ich schrieb über phantastische, merkwürdige Figuren: Figuren, die er waren. Ich verwandelte ihn in etwas anderes, um nicht mit ihm zu sterben, im Angesicht seiner hohlen Augen, seines Körpers und seiner Rippen wie die eines ägyptischen Schakals, todgeweiht, sein Sprechen zirkulär und unverständlich. Ich wünschte, er möge auf andere Weise existieren, genauer gesagt, so wie vorher, wie während meiner Tage mit den Kopps zum Beispiel. Allerdings weiß ich auch nicht, was wir wirklich sehen, wenn wir die Dinge so sehen, wie sie sind, oder ob wir nicht nur sehen, was wir brauchen, die Gesundheit, nicht die Krankheit unter allem Gesunden. Eigentlich glaube ich das nicht, sage ich, aber wenn ich aufgebe, die Waffen strecke und erliege, dann denke ich: Das Kranke ist wie das Perverse immer da, stumm, darauf wartend, aufgerufen zu werden, die Bühne betreten zu dürfen, hervorzutreten, sich zu zeigen, aufzutauchen aus der heiteren Wiese.

Es vergingen noch Jahre, trotz allem glückliche Jahre, bis diese Gedanken sich einstellten. Heute gehören die Tage im Norden, mit den Kopps, zum *Vorher*, zu einem vergangenen Leben. Ich beschwöre es ohne die Hoffnung, es zurückzugewinnen. Im Norden, in unserem Hotelzimmer, stibitzte ich seine Zigarette und sagte:

»Aber Sonya ist doch Ärztin?«

»Psychiaterin, ja. Virginia, ich weiß doch, es ist total seltsam.«

Jemand soll mal einen echten Arzt holen, dachte ich. Psychiater, Philosophen, Historiker, die können sie doch alle mitnehmen.

»Und ist das für ihn nicht schlechter, ihm diese Identität anzudichten? Glaubst du, dass er sie *glaubt*? Er erzählte mir von seinen Skulpturen, als ob … Er sagte was von irgendeiner Ausstellung oder Schau in Afghanistan. Aber gibt es wirklich …«

»Ich weiß nicht, was er letztendlich *glaubt* oder inwiefern Leute wie Bertrand überhaupt *glauben*, Virgi.«

»Aber das ist doch lächerlich«, insistierte ich und merkte, wie Zorn in meiner Stimme aufstieg: Jetzt wollte ich Bertrand rechtfertigen, ihn mit meiner Stimme verteidigen, meinem Schwert, das ich manchmal verkehrtherum packte. Dazu kam: selbst wenn wir beschlossen, eine Frage zu klären, im Wissen, dass wir keine Lösung finden, sondern nur unsere gegenläufigen Eindrücke darlegen würden, auch dann *gefiel* es mir, mit meinem Vater zu reden, und ihm mit mir, um die gleiche Angelegenheit zu kreisen.

Ich beharrte:»Er macht sich lächerlich, und dessen ist er sich *sehr wohl* bewusst, aber er scheint nicht in der Lage zu sein, aus der Rolle zu fallen, die Andrew und Sonya ihm zuweisen. Ich habe das heute Morgen gesehen, beim Frühstück, als er mir fast den Finger abgerissen hat.« Ich erinnerte ihn daran und wedelte mit meiner Hand, der Finger war orange vom Mercurochrom. »Er hat sich zu Tode geschämt, der arme Kerl, er war sich seiner Unfähigkeit bewusst, aber auch, dass er nicht vom Typus abweichen darf, von dieser Identität, die nicht seine ist. Und was am schlimmsten ist: Ich weiß, dass er mir etwas sagen, sich auf irgendeine Art entschuldigen wollte, aber er wusste nicht, wie. Es wäre für alle ehrlicher, praktischer, *bequemer*, wenn wir ganz natürlich mit dem umgehen würden, was Bertrand hat, was auch immer das ist. Dann wäre es kein Problem mehr, man könnte Mittel und Wege finden … Er wollte etwas mitteilen, aber er konnte nicht sprechen«.

Ich zeigte ihm erneut meinen orangefarbenen und geschwollenen Finger, den er neugierig betrachtete. Die Verletzung sah schlimmer aus als am Morgen. Er liebkoste meinen Finger, klimperte darauf wie auf einem Klavier, und dann lächelte er, als wäre das Thema viel weniger ernst, als es mir vorkam. Oder als wäre das Leben der anderen nur eine Angelegenheit der anderen, und unsere Verpflichtung bestünde darin, uns ein Klavier auszudenken, um sie zu ignorieren, und als wäre meine Fixierung auf den Sohn der Kopps so süß wie unangebracht. Ich verstummte, denn ich ahnte weiteren Spott, vielleicht berechtigten, über mein moralisches Gehabe.

»Weder Andrew noch Sonya sind wirklich *ehrlich* oder *praktisch*, Virgi. Vor allem Sonya nicht. Sonya ist ja ziemlich spröde, findest du nicht? Unter uns gesagt, ich bin nie wirklich warm geworden mit ihr.«

Ich überlegte, wie ich Sonya beschrieben hätte. Vielleicht mit dem gleichen Adjektiv – oder *schweigsam*, wenn nicht *spröde* –, aber mit anderer Akzentuierung, anderer Konnotation. Mir kam sie durchaus ehrlich vor, auch wenn ich keine Beweise oder Worte von ihr habe, die das belegen, und ich werde jetzt auch keine erfinden. Etwas sagte mir allerdings, dass Sonya nicht vollkommen glücklich war mit diesem Familientheater, auch nicht mit der Art, mit der sie ihren Sohn feierten und ignorierten – daran gewöhnt war sie aber. Vielleicht war es am Anfang nur eine von Andrews Ideen gewesen. Aber an welchem Anfang? Bertrands Geburt? Die erste Scheidung von Sonya? Die Hochzeit der Kopps?

Wie gesagt: Sosehr mein Herz auch an den Absichten des Paares zweifelt, so war ihm doch entschieden daran gelegen, größtmöglichen Nutzen daraus zu ziehen, mit ihnen zusammen zu sein. Und auch der Ausdruck *Nutzen ziehen* sollte nicht missverstanden werden. Gemeint ist damit, dass ich mich nicht verweigerte, ich lehnte keines der unterhaltsamen oder nützlichen Dinge ab, die sich aus diesen Begegnungen ergaben. Ich beobachtete mit großer Leidenschaft das Abweichende, das Deformierte, sogar das Grausame. Und mein Vater führte mich mit Himbeeren und Diamanten ins Netz der Spinne – oder des Spinners –, ich aß die Himbeeren und trug die Diamanten mit größtmöglicher Würde und Gleichgültigkeit durch die Parade aus spitzen, klebrigen Zähnen. Das Zusammenleben mit meinem Vater zwang mich, weniger zu sehen, als ich sah: zu sprechen, Konversation zu treiben, zu schreiben sogar, um meine vorgetäuschte Leichtigkeit zu verbergen, meine von Ekel gesättigte Liebe. Besser gesagt: meinen von Liebe gesättigten Ekel. Gehorsam gab ich mich so tolerant, wie er es mir abverlangte, außer in Momenten wie hier, in jener Nacht, als seine Schutzmauern unten waren, weil er im Laufe des Abends ein paar Gläser mit Andrew getrunken hatte. Dann sprachen wir. Er wusste, dass ich anders war – das *gefiel* ihm –, dass ich Verletzungen nicht hinnahm, dass die beste Schauspielerin diejenige ist, die vorgibt, den Regisseur zu respektieren, ohne ihm auch nur einen Moment lang zu gehorchen: Obwohl auf Diplomatie getrimmt, würde ich mich wilden Wesen gegenüber nicht mehr nett oder verführerisch geben, er aber genoss es, mir diese gesellschaftliche Verstellung beizubringen, solange es noch ging, wahrscheinlich weil er wusste, spürte, dass meine Unschuld nicht ewig währen würde, bereits am Ende war. Als er aufstand, um ins Bad zu gehen, breitete sich der Alkoholdunst im ganzen Zimmer aus. Er schwankte in der Dunkelheit.

Wir mussten beide lachen und aus dem Bad hörte ich das Klicken des Feuerzeugs. Ich werde sofort eingeschlafen sein, denn ich kann mich weder erinnern, wie er das Fenster öffnete, um den Rauch herauszubekommen, noch dass wir uns gute Nacht gesagt hätten, und ich erwachte unter der Decke, die er offenbar über mir ausgebreitet hatte.

IV

Die Träume jener Nacht verbanden Visionen der Kopps, die Allee, die Seerosen, die schlecht beleuchtete Straße am Hotel, die Bar im Foyer, wo die beiden Freunde – Andrew und mein Vater – ein gedämpftes, rötliches Licht teilten. Ich begreife nicht, wie ich eine Situation träumen konnte, an der ich nicht beteiligt war, warum ich Szenen verwendete, in denen ich nicht auftrat. Könnte ich rekonstruieren, was im Traum geschah, würde ich es erzählen. Aber es gelingt mir nicht.

Gegen ein Uhr früh wachte ich auf. Ich war allein, also hätte ich aufstehen sollen und aufschreiben, was ich gesehen hatte, aber etwas fesselte mich ans Bett, an die von einem weiteren Licht, dem Mond, beleuchtete Decke, das mich bannte, so wie ich es auch wollte. Die gastfreundliche Decke, die Decke von zu Hause, ich frage mich, welche dich zudeckte, zwei Stockwerke höher, wo du schliefst, während dein Mann und mein Vater dem Schlaf zu entkommen suchten. Die Träume holten sie ein, deine und meine, das haben sie nie erfahren, und es ist auch besser so.

Die Sonne gibt die Ruhe zurück, räumt mit dem Zweideutigen auf, wenn es hell wird. Am Morgen zog sich mein Vater mit einer gewissen Eile an. Wir würden nirgendwohin zu spät kommen, aber der Plan war, einen verfrühten und vollkommen unnötigen Ausflug zum Theater zu machen: Andrew Kopps brillante Idee.

»Du siehst grummelig aus«, sagte mein Vater.

»Danke.« Ich schlüpfte in seine Umarmung. »Ich bin nicht in Stimmung für diesen Kasperkram. Ich habe nicht gut geschlafen.«

»Hoffentlich habe ich dich nicht geweckt. Als du eingeschlafen warst, bin ich nochmal rausgegangen, um zu rauchen und mit Andrew zu reden. Meinst du das mit dem Sohn? Ich habe dir ja schon erklärt, dass ich auch nicht so genau weiß, was mit ihm ist. Aber es ist besser, sich nicht einzumischen, Virgi. Vergiss es, und geh kein Risiko ein. Okay?«

»Nein. Ich meine den Streich *heute*. Warum will sich Andrew über das Königspaar lustig machen? Sie werden den Preis überreichen, die wissenschaftliche Auszeichnung, oder? Außerdem, ganz genau: Haben sie nicht genug zu tragen mit ihrem Sohn?«

Mein Vater beschleunigte den merkwürdigen Vorgang, mit dem er sich das Hemd zuknöpfte, und lächelte, als gefiele ihm etwas an meiner Beharrlichkeit.

»Diese antimonarchistische Pose von Andrew überrascht mich nicht. Auch wenn ich sie immer noch sehr interessant finde, aus anthropologischer Sicht«, sagte er, mit mir vertrauter Ironie bei den letzten Worten: Er benutzte große Worte nie, ohne sie ins Lächerliche zu ziehen. »Das hat sich in England mehr oder weniger etabliert. Das System braucht eine glamouröse Opposition. Sie theoretisieren, sie ›kritisieren‹, und auf diese Weise verleihen sie dem Ganzen irgendwie auch Würde und Aufmerksamkeit.«

Das erklärte zunächst einmal, warum eine zum großen Teil vom Staat finanzierte wissenschaftliche Einrichtung entschieden hatte, die umstrittene und pseudorebellische Figur Andrew Kopp auszuzeichnen, und auch, warum er – und das war das Merkwürdigste, ich hatte es noch in Madrid in den Nachrichten gesehen – den Preis annahm, anstatt ihn abzulehnen und sich gegen die politische Macht in Spanien oder gegen die Monarchie zu positionieren, wenn es doch der König selbst war, der ihm – symbolisch – im Februar den Preis überreichen sollte. Er hatte sich bedankt, hatte einen koketten oder sarkastischen Kommentar über Staaten beigesteuert, ›die noch immer keine Republiken sind‹, und war mit seiner Frau und seinem Sohn – oder Stiefsohn, oder Adoptivsohn, oder erfundenem Sohn – nach Nordspanien gereist. ›Unter der Bedingung, dass auch Juan bereit ist zu kommen und wir den Tag nach unserem Gusto gestalten, also nicht ein My mehr Ernsthaftigkeit als unbedingt notwendig‹, so hatte er gesagt.

»Ehrlich, hätte ich dich auf dieser Reise nicht sehen können, ich wäre entspannt in London geblieben«, sagte Andrew zu meinem Vater, als wir sie am Empfang trafen. »Ich bin überglücklich, dich zu sehen, euch zu sehen. Das Leben meint es gut mit mir, Juan.«

Eine unangemessene Dankbarkeitsbekundung: Das wurde mir schlagartig klar. Und noch etwas war anders an diesem Morgen, auch wenn weiterhin alle so taten, als wären sie solche Einfaltspinsel wie Bertrand. Andrew sprach anders, anmutiger: unbekümmerter und für sich selbst. Wie üblich wandte er sich ausschließlich an meinen Vater. Seine Frau und seinen Sohn, denen er nun den Rücken zukehrte, schien er mit jenem Glücksbekenntnis auszulöschen: Das Leben meint es gut mit *mir*, Juan. Ob mit ihnen, keine Ahnung.

Das Duo Sonya und Bertrand mischte sich nicht ein. Bertrand schien noch halb zu schlafen, wie sediert, und Sonya hatte ihn untergehakt, aber natürlich auf eine Art, als würde *er* seine edle Mutter am Arm führen. Ich dachte an das, was mein Vater mir gesagt hatte, dass es bei gesellschaftlichen Anlässen darauf ankommt, zu sehen, ohne zu schauen, oder besser gesagt: zu schauen, viel zu schauen, *ohne ganz zu sehen*, ohne das Erscheinungsbild zu durchdringen und wahrhaftig zu erkennen. Sonya und Bertrand würden keinerlei Schwierigkeiten haben, zu verbergen, was sie verbergen wollten, in ihren Rollen zu verharren.

Trotz dieser merkwürdigen Art, sich aufeinander zu stützen – ohne dass ersichtlich wäre, wer auf wen, oder warum –, waren Sonya und ihr erwachsener, idiotischer Sohn wunderschön. Ihre erschöpften Gesichter und Sonyas verkniffene Miene standen im Widerspruch zu ihrer vorteilhaften Aufmachung. Sie war groß, hatte durchaus gewisse Rundungen an Hüften und Beinen, die aber von einem sehr schicken grauen und gerade geschnittenen Ensemble umspielt wurden. Mit schick meine ich feminin, und wenn ich nochmals darüber nachdenke, wie ich Sonya beschreiben soll, ist *feminin* nicht das erste Adjektiv, das mir in den Sinn kommt. Die weite Hose ließ längere Beine vermuten, als sie tatsächlich hatte, betont noch durch Absätze im gleichen dunklen Grauton wie ihre Bluse: eine ärmellose Bluse mit hohem Kragen, alles zusammen außerirdisch, und zugleich durchaus angemessen, die exakte Mitte zwischen überraschend und konventionell. Den weißen Blazer, der das Outfit abrundete, trug sie über den Schultern. Kein Hauch von Schminke. Falls Sonya an die Siebzig heranreichte, ihre Aufmachung zog zehn Jahre ab.

Wenn ich mich so lange mit ihrer Erscheinung aufhalte, dann darum, weil ein Teil von mir sich weigert einzugestehen, wer mich wirklich, und unerwartet, beeindruckte: Bertrand. Er schien allerdings tatsächlich Schminke auf den Lidern und unter den Augen zu tragen; plötzlich sorgte neben seinem zweifelhaften Verhalten – dem eines Beschränkten, eines unverstandenen Genies, oder eines Mannes mit einer gewöhnlichen Störung, aber vernachlässigt und von den eigenen Eltern ignoriert – auch sein Erscheinungsbild für Verwirrung: Er hatte etwas Androgynes, ich hätte ein Foto von ihm machen sollen, und in gewisser Weise habe ich das auch getan. Seine Augen glänzten, aber ohne verstörende Gefühle, nicht so gläsern. Er hatte sich herausgeputzt, oder sie hatten ihn herausgeputzt (oder vielleicht *hatte sie* ihn herausgeputzt, ich konnte mir nicht vorstellen, dass Andrew sich an jenem Morgen um irgendjemanden gekümmert hätte außer um sich selbst; vielleicht hatte Sonya sogar beide angekleidet). Heute wirkte er ganz normal, so makellos und überaus vorzeigbar wie seine Mutter. Seine Iris hatte die Farbe blauer Keramik, und seine wenigen Wimpern schwebten an ihrem Platz, anstatt in Höchstgeschwindigkeit zu flattern. Die menschliche Ruhe, Bertrands Haltung rührten mich.

Ich betrachtete seinen großen, runden Körper, der zum ersten Mal in formellen Kleidern steckte. Das rosa Hemd war nicht zu eng, schmiegte sich aber an eine ausladende Brust, die für mich bisher unsichtbar gewesen war. Er hatte bislang nur zusammengewürfelte Kleidung getragen, mit Farbresten oder etwas Harzartigem an den Bündchen. Vielleicht war es auch sein ungepflegtes Äußeres gewesen, und nicht nur sein lästiges Verhalten, das meine anfängliche Abneigung befeuert hatte. Nun vibrierte mein ganzer Körper – in einer Art enttäuschter Lust –, als er seinen Blick nach der Begrüßung von mir abwendete, als ob nichts wäre: ohne Wörter auszukotzen, ohne meine Hände zu stehlen, ohne mir Gewalt anzutun, und ohne zu bemerken, dass auch ich mich dem Anlass entsprechend gekleidet und geschminkt hatte, ohne darunter meinen Körper erraten zu wollen, nackt und weiß, teils vertrauensvoll, teils verängstigt.

Dieser Ausbruch von Verlangen fühlte sich an wie etwas Fremdes, Äußerliches, obwohl er aus meinem Innersten kam. Ich erkannte ihn nicht als etwas Eigenes, weil ich ihn unterdrücken konnte, kaum dass ich meine Augen von ihm löste, als würde mein Blick von seiner neuen Gestalt abprallen, als wäre sein Körper nicht dafür geschaffen, zu erregen, was er jetzt erregte, bei mir. Ich wollte seine Beine genauer erforschen, den Oberkörper, die Arme, den Nacken, aber ich hielt meine Augen ruhig, unbeweglich, mein Magen war verkrampft. Eine unerklärliche Anziehungskraft, und nicht etwa, weil Bertrand ein Unbekannter gewesen wäre, sondern weil ich ihn, teilweise, gar nicht kennenlernen wollte.

»Hübsches Kleid«, sagte Andrew, ganz offen starrte er mich an. »Wie ich schon sagte: eine richtige Frau.«

Draußen erwartete uns eine langgestreckte Limousine mit abgedunkelten Scheiben. Ich spürte meinen innersten Wunsch, neben Bertrand platziert zu werden. Ich musste ihn berühren. Bestätigen, dass seine Haut aus Gummi war, Plastik, und keine

Epidermis wie unsere Haut. Ich wollte nicht mit ihm sprechen, nur über Berührungen mit ihm kommunizieren. Ihn mühelos besitzen. Ihn zerdrücken, nicht sein Klagen hören, wenn er schrie. Ihm über sein Geschrei hinweg sagen: »Ich bin wie du.«

Auf dem Weg zum Auto drehte ich mich um und lächelte Sonya und ihren Sohn an, wollte ihnen zeigen, dass ich wegen dem, was an den Tagen zuvor passiert war, nicht mehr sauer oder distanziert war, dass ich bereit war, noch einmal von vorne zu beginnen, sogar vertraut zu werden miteinander, aber keiner der beiden regte sich. Als wäre nichts geschehen, weshalb ich mich in ihrer Gesellschaft hätte merkwürdig oder unwohl fühlen können.

Nicht nur sein neues Aussehen oder seine alte Gleichgültigkeit, auch mein eigenes Fühlen war merkwürdig. Als wäre viel mehr Zeit vergangen seit unserer letzten Begegnung, als wir am Tisch saßen oder als sich die Fahrstuhltür zwischen ihnen und mir schloss. Die Verletzungen, wenn es denn welche gab, waren verheilt. Dennoch mag ich nicht behaupten, ich wüsste den Grund für diese Veränderung in Erscheinung und Gemüt, erfinde auch keinen. Die einzige Kontinuität zum Vortag, und zu dem davor, bestand darin, dass wir den von Andrew ausgedachten Jux durchziehen würden. Die Ausführenden des Streichs waren aber andere. Wir waren andere.

Als der Wagen auf dem Theaterplatz anhielt – man hatte mich auf die Rückbank gesetzt, neben Papá und weit weg von Bertrand, der auf dem Beifahrersitz saß und auf dem ganzen Weg kein Wort sprach –, erschreckte Andrew den Fahrer. Von seinem Platz aus schlug er ihm plötzlich auf die Schulter.

»Fahr von hinten rein! Von hinten!«

Der Fahrer verstand nicht, und anstatt etwas zu erklären, schlug Andrew vor, ihn ans Steuer zu lassen. Der Fahrer runzelte die Stirn und lehnte ab, sah uns einen nach dem anderen im Rückspiegel an, neugierig zu sehen, welche Art von Leuten jenen impulsiven Mann begleiteten. Nicht alles hatte sich geändert: Ich schämte mich immer noch ein wenig dafür, Teil dieser Gruppe zu sein.

»Nein. Sie leiten mich«, grunzte der Chauffeur. »Ich fahre.«

Er war der erste Mensch, der Andrew nicht wie eine über alles erhabene Autorität behandelte. Andrew missachtete die Regeln und kritisierte die Mächtigen, weil er sich an ihre Stelle setzen wollte, er empfand sich als König und Herrscher. Der Chauffeur aber wusste gar nicht, wer er war – und ganz ehrlich, wer hätte ihn schon erkannt, abgesehen von den gebildeten *happy few* –, er erkannte ihn nicht, und selbst wenn, hätte er sich von ihm nicht unterbuttern lassen. Heute erkenne ich anständige oder sogar bewundernswerte Menschen daran, dass sie sich nicht ohne guten Grund verbiegen: Sie sind nicht respektlos, benutzen keine unnötigen Wörter oder Beleidigungen, lassen sich jedoch auch nicht von Dummheiten großer Erscheinungen blenden. Sie bleiben ihrer Linie treu, wie dieser Fahrer.

Ich wollte das Gesicht dieses anständigen Mannes genauer anschauen, aber der Ausschnitt im Rückspiegel zeigte mir nur sein spitzes, frisch rasiertes Kinn. Ein gesichtsloser Mann. Andrew, dessen Gesicht ich sehr gut sehen konnte, zeigte sich genervt von dieser Ablehnung, und anstatt nun Anweisungen zu geben, wie das Theater zu umrunden sei, ließ er uns alle aussteigen und zu Fuß zum Hintereingang gehen.

»Besser, es gibt keine Zeugen ...«

Er zwinkerte auf diese typische Weise. Ich lächelte ihn an, so wie immer, denn er suchte meine Reaktion. Andrew war es gewohnt, auf all jene zu verzichten, die ihn nicht mit grundloser Unterwürfigkeit behandelten: Er gab dem Chauffeur Trinkgeld, indem er ihn mit einem Zwanziger bezahlte und das Wechselgeld nicht annahm. Weder Sonya noch mein Vater hatten protestiert, ihm auch nicht widersprochen, ihn nicht einmal nachsichtig entschuldigt. Solche Beobachtungen aber, so, wie ich mich von Andrew Kopp distanziere, das alles gehört in die Gegenwart. Damals war ich nur eine mehr, sein Verhalten fand ich offenbar weder tyrannisch noch infantil, obwohl ich spürte, wie ich mich in jenem Augenblick für ihn schämte. Und wegen der Schuhe, die ich trug, wäre ich lieber bis ans Ziel im Auto geblieben, bis zur Tür.

Aus empfundenem Unbehagen entsteht, Monate oder Jahre später, der Anlass, zu erzählen. Das wusste ich, und darum machte ich nicht den Mund auf. Ohnehin wäre ich in der Minderheit gewesen. Wir stiegen aus und folgten Andrew, der Wagen wendete, um zurück Richtung Stadtzentrum zu fahren. Wir gingen um das riesige Theatergebäude herum, Sonya und ich sehr mühsam, langsam, wegen unserer Absätze. Wir befanden uns in der Altstadt, das Pflaster der Bürgersteige war unregelmäßig, voller Löcher, sie erinnerten mich an die Straßen der mittelalterlichen Stadt, wo ich bei meiner Mutter aufgewachsen war. In Madrid, wo ich ab fünfzehn mit meinem Vater lebte, sind die Bürgersteige glatt, und ich habe mir abgewöhnt, beim Gehen auf den Boden zu schauen. Jetzt aktivierte sich dieses alte Wissen wieder, die Gewohnheit, immer auf ein Stolpern gefasst zu sein. Dank dieses Reflexes ergriff ich Sonyas Handgelenk, als die Spitze ihres Absatzes zwischen zwei Pflastersteinen steckenblieb. Sie schrie unwillkürlich auf, etwas peinlich, aber dann fing sie sich und setzte den Weg unauffälliger fort. Sie verlor kein Wort. Von da an teilte, imitierte sie meine Bewegungen. Wir waren nie wieder allein, aber es genügte, und ich sah andächtig, stolz, wie sie vorsichtig die Füße hob, in die Mitte der Steine trat, nicht auf die Kanten, um nicht erneut zu fallen, mich nicht erneut anzuschauen, nicht anzuerkennen, dass ich dort war und sie bei mir, damals und ein für alle Mal, obwohl wir wie gesagt nie wieder miteinander allein waren. Die Berührung dauerte eine Sekunde und genügte.

Wir erreichten den Hintereingang des Theaters ein paar Minuten nach den drei Männern: Andrew, mein Vater und Bertrand. Von hinten und von weitem sah Bertrand aus wie ein Model oder wie ein schwedischer Schauspieler. Ohne dass ich wüsste, wie, hatten sie das grüne Tor geöffnet, das Zutritt zum begrünten Innenhof gewährte. Wir durchquerten den Hof, der an den Garten eines italienischen *Palazzo* erinnerte, aber besser gepflegt und von einer etwas übertrieben offiziellen Atmosphäre. Es war noch nicht einmal neun Uhr morgens, und sowohl die Straße als auch das Gebäude – diente es nur als Theater oder auch als Hotel, Rathaus, beherbergte es irgendwelche städtischen Büros? – waren wie leergefegt und ohne jedes Leben, trotz des Dufts nach gemähtem Gras, den Büschen frisch vom Frisör, dem Geräusch von Schritten, Stimmen, Tropfen. Als hätten sie nur Sekunden vor unserer Ankunft den Garten fertig hergerichtet und sich dann alle versteckt.

Aber als wir durch die Eingangstür traten, die Andrew mysteriöserweise kannte, trafen wir – Überraschung! – auf zwei Wachen. Ich hatte gedacht, er würde uns ins Innerste jenes labyrinthischen Baus führen – zum Theatersaal, in dem die Preisverleihung stattfinden sollte –, aber wir betraten eine Art großes, dunkles Foyer. Wände wie Böden waren orange, oder kupferfarben, ich kann mich nur an den Eindruck von Wärme und Abgeschiedenheit erinnern, und an den Kontrast zum grellen Licht draußen. Die Wachen sprachen miteinander, einer lehnte mit dem Rücken an der Wand, der andere hockte, als hätte er sich gerade die Schuhe zugebunden. Beide verstummten, als sie uns kommen sahen, und verharrten so, als wäre nicht recht klar, wer hier wen erwischt hatte. Und wobei? Sie sahen uns mit kleinen und erwartungsvollen Augen an. Wir waren eine sonderbare Gruppe, ich wiederhole das, weil es sich jedes Mal aufs Neue in den Blicken der anderen bestätigte. Andrew und Sonya gingen als normal durch, erkundungsfreudige Touristen, kultivierte und etwas verlorene Ausländer (die Kopps – je nach Lage machten sie sich ihr Alter zunutze, ihre verwirrte Erscheinung oder gesellschaftliche Position, um alle Regeln zu umgehen: Alles wurde ihnen gewährt). Über den Eindruck, den mein Vater machte, kann ich nichts Definitives sagen, denn je nachdem, mit wem er unterwegs war, wirkte er respektabel, ehrwürdig wie die Kopps, oder wie ein Narr auf Abwegen mit Harlekin-Ambitionen, wie der Verrückte und wie ich. Bertrand und ich (der eine stumm und aufgetakelt, die andere im Abendkleid um neun Uhr früh) fielen total aus dem Rahmen, für uns gab es keine Entschuldigung. Wir waren kein homogener Block, möchte ich sagen, und das Unpassende erregt immer Misstrauen. In einer Art stummer Rache – gegen wen? – wünschte ich mir, sie würden uns allesamt hinauswerfen, das Kommando Kopp und meinen Vater und mich und den Sohn, dieses Fotomodell oder Zirkustier namens Bertrand.

Mit einem Mal sprach einer der Wachmänner Sonya an, als hätte er sie erkannt: Der fragende Ausdruck war aus seinem Gesicht verschwunden, als wir näherkamen. Seine Stimme klang wie mehrere, hallte von den Kupferwänden wider.

»Guten Tag«, sagte die Wache auf Englisch. Sonya lächelte freundlich und erwiderte den Gruß auf Spanisch. Die uniformierten Männer neigten die Köpfe, einhellig. Andrew mischte sich ein und bat sie, als handele es sich um einen Notfall, uns den Saal zu öffnen, um unsere Habseligkeiten dort abzulegen. Sonya sah ihn an und war kurz davor, etwas zu sagen, aber schon wieder kam Andrew ihr zuvor:

»Man hat uns früher als gewöhnlich aus dem Hotel geworfen«, erfand er. »Wegen der Reservierungen von heute gab es eine Konfusion, die sich klären ließ. Aber dann hat unser Sohn hier in letzter Minute Theater gemacht. Wie auch immer, schlussendlich haben wir gehen müssen.«

Das stimmte nicht, und Andrews Einfall stellte außerdem seinen Sohn bloß. Doch Bertrands Gesicht blieb ausdruckslos, versteinert, als hätte er das schon tausend Mal erlebt. Ich dachte über die Zweideutigkeit des von Andrew benutzten Wortes nach: *Theater*. In seiner neutralen Bedeutung wäre es das, »was die Künstler auf der Bühne tun, und in seiner negativen Konnotation ›etwas Unpassendes‹, furchtbar Unangemessenes, Terz«. Die Wachen merkten an, es gäbe eine Garderobe, Andrew brachte so weit hergeholte wie glaubwürdige Argumente vor, um abzulehnen, und so ließen sie uns schließlich nach Rücksprache in den Saal. Andrew war am Ziel.

Sie interpretierten jenen Kommentar – ›unser Sohn hier hat in letzter Minute Theater gemacht‹ – genauso, wie Andrew es gewollt hatte: als humorvolles Geständnis, eine intime und wahrhaftig wirkende Vertraulichkeit, durch die wir ihre Gunst gewännen und sie uns den Saal ohne viele Fragen öffneten. Bevor sie uns allein ließen, zeigten sie uns unsere Plätze.

Vor mir die Rücken von Sonya und ihrem Sohn. Warum hatte ich das Gefühl, der Weg von jenem Hintereingang bis zum Theatersaal wäre der Weg in eine Zelle, an einen Ort ohne Wiederkehr, wohin die Seelen strebten, ohne zu wissen, dass sie nicht zurückkommen würden? Die Wachen begleiteten uns. Nachdem wir eine Treppe hochgegangen und einen riesigen Raum voller Möbel, alter Kostüme, spanischer Wände durchquert hatten, ließen sie die Tür hinter uns ins Schloss fallen. Bevor sie sich verabschiedeten – der Saal lag im Halbdunkel, ihre Gesichter so unsichtbar wie das des Chauffeurs –, zeigten sie uns, wie wir von dort ins Foyer gelangten:

»Im Foyer werden die Gäste ankommen, und natürlich auch die königliche Familie. Sie sind mit viel Vorlauf gekommen, aber das Foyer ist schon bereit, und Sie können dort warten, wenn Sie wünschen. Die Bar öffnet in zehn Minuten, dies noch zu Ihrer Information.«

Wenn ich mich an jene Tage erinnere, muss ich mich anstrengen, Verbindungen herzustellen, die ich damals nicht erkannte, mir die Bilder vorzustellen, die ich damals nicht sah. Das ist es, was mir beim Schreiben nicht gefällt: Wenn ich es aufschreibe, verliere ich etwas, alles, was ich damals glaubte und war. Dabei mag ich doch jenes Leben noch immer. Noch immer liebe ich sie, die Schwierigen, die Großzügigen, die Aufschneider. Der Klang und der Duft der Jugend, die ich zwischen ihnen verlebte, sind frisch und süß wie Möhren, wie mit den Zähnen abgerissenes

Grün. Warum aus freien Stücken diese Niederlage beschleunigen? Ich werde verlieren, was ich glaubte und was in Wahrheit so nicht war, und auch die schwebenden, besseren Möglichkeiten, die sich mir, als wir im Theater waren und ich sah, was sich auf der Bühne befand, zum ersten Mal als irreal, illusorisch darstellten. Es aufzuschreiben bedeutet auch, zu kapitulieren, sich dem Scheitern stellen, es mit Liebe betrachten, umarmen und streicheln, als wäre es das Kaninchen und nicht der Wolf. Die schlimme Wahrheit, das wilde Tier, bei sich aufnehmen. Sehr edel, höchst würdevoll wie der Samurai, der ich nicht bin. Denke ich zurück an meine Adoleszenz, und an dich, an sie, so möchte ich sie immer noch verfälschen, negieren und annullieren und verstecken, was sie mir zeigt, und ich schäme mich nicht für diesen Wunsch, die Wahrheit von der Realität zu lösen, einen gnädigen Schleier darüber auszubreiten, flüssig und heuchlerisch, anstatt mit Worten die Vorhänge zu zerreißen, die verbergen, was ich weiß. Ich bin in gewisser Weise immer noch das Mädchen, das ich beschreibe. Aufwachen ist sterben, wenn es ein schöner Traum ist, wenn er so viele Jahre eines vergangenen goldenen Lebens bedeckt: unheilvoll und geliebt. Kinder und Träume – fast sollte man sie einsperren, sonst umarmen sie dich für einen Moment und sind dann fort.

Auf der Bühne stand etwas, das mit einem dunklen, violetten Tuch mit Fransen bedeckt war. Wegen seiner eher vertikalen als horizontalen Maße konnte es kein Flügel sein. Aber es hatte mehr oder weniger die Form eines gleichschenkligen Dreiecks.

Im Parkett war auch die Anordnung der Sitzreihen nicht die übliche. Nicht alle schauten zur Bühne, einige Sitze waren gedreht, als hätte sich in der Nacht bereits Andrew – oder jemand wie er – darum gekümmert, sie loszuschrauben und umzudrehen, noch so ein schlechter Scherz.

Warum deute ich ohne jeden Beweis auf den ehrenwerten Professor Kopp? Und wie, mit welchem Werkzeug, löst man einen Theatersessel aus der Reihe und befestigt ihn wieder am Boden? Ich hatte damals keine Zeit, genauer zu gucken oder mich zu wundern, denn wir gingen direkt in die erste Reihe. Je näher wir kamen, desto größer wurde die dreieckige und dunkle Form auf der Bühne, sie wurde länger, ohne sich zu bewegen oder zu sprechen.

Ein knittriger, semitransparenter Stoff bedeckte die Sitze der ersten Reihe, womit angezeigt war, dass es neue Sessel waren oder sich dort niemand hinsetzen sollte; oder um zu verhindern, das vermute ich, dass die Polster vor der Benutzung fleckig würden. Von diesem schützenden Stoff baumelten Schilder mit einem *R* für ›Reserviert‹, oder vielleicht auch für ›*Familia Real*‹, Königliche Familie.

Andrew zeigte auf fünf Plätze. Beliebige, schien mir. Aber ich weiß schon nicht mehr, was in meiner Wahrnehmung richtig war oder was überhaupt *meins*.

»Diese.«

Ich konnte seinen Gesichtsausdruck nicht gut erkennen, nicht, was seine Augenbrauen verrieten, seine Zähne, nur seine Glatze in schüchterner Ekstase. Die Beleuchtung im Theatersaal war minimal, kaum ein paar Lämpchen. Sie warfen von der Bühne her ein sanftes Licht auf unsere Köpfe. Andrew wies uns an, unsere Sachen dort zu lassen: Hüte, Mäntel, Taschen, meine und die von Sonya. Ich wollte meine behalten, sie war klein und enthielt mein Portemonnaie und meine Schminke. Es war das erste

Mal, dass ich auf den Gedanken gekommen war, mein Make-up außer Haus aufzufrischen, wie auch, mich vor dem Ausgehen zu schminken. Aber ich wehrte mich nicht, alle gehorchten, und ich dachte, in irgendeinem Moment während der langen freien Zeit, die noch vor uns lag, könnte ich der Gruppe entwischen und die Tasche zurückholen.

Ich sah zu Bertrand. Um ihm was zu sagen? Ich wollte ihm etwas sagen, brachte aber kein Wort heraus. Sein Schweigen, sein Wohlverhalten waren ansteckend, und so verstummte auch ich, auch ich wollte gut und schön und blass sein wie er, und wie sie. Ich bin sicher, dass Bertrand meine Neugier bemerkte, denn aus dem Augenwinkel sah er, wie ich ihn anblickte, doch blieb er in seiner Rolle des vernünftigen und vollkommen ruhigen Sohnes. Wer weiß, vielleicht war er so, üblicherweise, benahm sich und rastete seltener aus, doch war mein Eindruck von ihm so anders gewesen, dass mir dieser abrupte Wandel in seinem Verhalten, in seinem Wesen, das sich außerdem verbreitete wie ein Virus, verdächtig vorkommen musste. Ich suchte nach dem, was zu jenem Zeitpunkt und dort Sonyas Geistermaske war. Aber sie drehte sich schon um, folgte Andrew und meinem Vater, die den Saal so schnell wie möglich verlassen wollten.

Ich hörte die vertraute, unaufdringliche Stimme meines Vaters, dann ein Lachen von Andrew. Schrill und von ferne. Bevor ich ihnen zum Ausgang folgte, sah ich mir an, was sie, Sonya, auf dem Platz gelassen hatte: eine schwarze Ledertasche, ihren weißen Astronautenblazer. Aus der Tasche ragte eine Art transparentes Necessaire, und in einer plötzlichen Eingebung rief oder flüsterte ich, dass ich gleich nachkäme, dass ich kurz überprüfen müsse, ob ich etwas dabei hatte ...

Ich zog das Necessaire aus Sonyas Tasche. Nicht ganz. Ich war keine Schnüfflerin. Ich war nicht argwöhnisch. Aber etwas, ein Hauch vergangener Kraft, trieb mich dazu, dieses Kulturtäschchen herauszunehmen. Weit genug, um zu sehen, dass es von losen Pillen überquoll, neben weiteren, erwartbareren Dingen wie einem winzigen runden Spiegel, Sicherheitsnadeln, Kontaktlinsenflüssigkeit, Lippenbalsam und Wimperntusche. Und eine fast leere Schachtel Lorazepam. Die erkannte ich sofort, denn es war das gleiche Medikament, das mein Vater nachts zum Schlafen nahm. Es war nicht einmal ein Schlafmittel, sondern, wenn man es in größeren Mengen nahm, ein starkes Antidepressivum. Ein Beruhigungsmittel, das einen ausknipst, wann immer man das möchte. Ein Betäubungspfeil für Wölfe, nicht für Kaninchen. Ich konnte nicht ausschließen, dass Sonya selbst diese Tabletten nahm, ohne Rezept oder nach ihrem eigenen, so wie Papá. Aber wie ich auch andere Dinge wusste, ohne sie zu wissen, rochen diese Tabletten nach Bertrand Kopp: nach seiner Ruhe und seinem Gehorsam.

V

Sonya ist Ärztin. Das sagte ich mir, betete ich mir vor, als ich sie in Richtung Foyer verschwinden sah.

Das Licht dort war schon wieder ein anderes, immer veränderte sich das Licht, das uns beleuchtete, uns, euch und mich, oder dich und uns. Kein Vergleich zum Halbdunkel im Theatersaal. Es war nicht nötig, die Augen zusammenzukneifen, die Schatten zu entziffern, das Unsichtbare vorzustellen. Wer entschied über die Beleuchtung?

Jetzt, im Morgenlicht, das durch die Glastüren fiel, und im zusätzlichen Gelb der fünf oder sechs Kristalllüster, wirkten die Kopps harmlos. Frech, aufgeweckt und harmlos. Ich lief zu ihnen, als würde ich mich mit meiner Familie wiedervereinigen. Schon jetzt erschien das im Theatersaal Gesehene und Geschehene unwirklich, wie ein Traum; und an jenen Tagen wechselten sich Vertrautheit und Furcht übergangslos und grundlos ab, sie waren gleich. Gleich nicht, nein, aber wie Geschwister. Die Kronleuchter, Teppiche und Sessel erinnerten mich an die vielen unpersönlichen, beliebigen Orte, die ich mit meinem Vater besucht hatte, zufällig, warum nicht, lass uns hingehen. Die Kindheit, von der ich spreche, die sich mit jedem Annäherungsversuch weiter entfernt, bestand darin, ihm für alles zu danken und mich geliebt zu fühlen und zu lieben. Ich mochte meine Vernachlässigung, denn sie fühlte sich nicht einsam an, eher gesellig. Das Einzige, das ich nicht verloren habe: Aus der Vernachlässigung heraus zu lieben, zu mögen, was es schon nicht mehr gibt, nie gab, außer in meiner Bedürftigkeit, meiner Kraft und in meiner Liebeslüge. An diesem Tag war es nicht anders: Ich verspürte einen plötzlichen Frieden mit allem und allen. Gelassenheit sogar in Bezug auf Bertrand, dessen Verbindung zu mir nach dem, was ich im Theatersaal gesehen hatte, noch enger, noch heftiger war. Ich war überzeugt, seine Eltern waren nicht grausam, sie konnten ihm nichts antun, und wenn, dann aus einem zwingenden Grund. Lorazepam war ihre einzige Möglichkeit, um Bertrand zu Ruhe und Gehorsam zu bringen, und beides, ich sagte es bereits, machte auch seine Schönheit aus. Meine. Aus dieser Kindheit, die damals endete, ist mir noch eine Sünde geblieben: Ich versuche immer noch, mir einzureden – mir selbst, aber auch den anderen, und das ist unverzeihlich –, ich beharre also darauf, dass Angst nicht wahr ist, man Furcht überwindet. Lüge. Ich gestehe und ich wiederhole, meine Stimme ist nicht auf der Seite des Guten, Wahren, Schönen, sondern bei etwas anderem. Und ich rechtfertige mich nicht, ich spreche nur weiter. Je mehr ich dich liebe, desto mehr werde ich dich, ganz sicher, belügen.

Nun, da ich Bertrand erneut betrachtete, bestätigte sich, dass dies nicht der Bertrand der vergangenen Tage war. Die Wahrnehmung vermischte sich mit dem, was in mir geschah oder sich veränderte. Seine stumme Zurückweisung, vielleicht auch Hingabe, trieben mich an seine Seite. Er saß auf einem Sessel mitten im Raum, ganz allein. Andrew, Sonya und mein Vater nervten die Mädchen, die für den protokollarischen Ablauf zuständig waren. Und die ertrugen sie, natürlich ertrugen sie sie. Bertrand hatte strategisch den einsamsten Sessel ausgewählt, am weitesten entfernt von allen anderen Sofas oder Tischchen oder Polsterstühlen. Dass er keine Gesellschaft und kein Gespräch wollte, fand ich einmal mehr interessant. Ich stützte mich auf die Armlehnen des Sofas, das seinem Sessel am nächsten war, zwei Meter von ihm entfernt, und verschob es mit meinem Gewicht so weit, bis es fast vor ihm stand. Bertrand anzuschauen war wie in einen Spiegel zu blicken: Mein nacktes Spiegelbild schlief. In jenes perfekte Koma versunken – das gleiche, in das mein Vater eine halbe Stunde nach dem Schlucken seiner Lorazepam fiel, nachts, und die Asche rieselte auf seine Brust –, so und ganz still erschien mir Bertrand plötzlich wieder wie ein Opfer. Von wem genau, oder ob vielleicht von sich selbst, das weiß ich nicht. Aber er war ein Märtyrer, ganz ohne Zweifel beschädigt, und kein gefährlicher Angreifer. Darauf reagierte die Liebe, die mich zum Abgrund trieb:

»Wo kann ich deine Skulpturen sehen?«

Er bewegte nicht gleich die Lippen. Seine Augen rollten hinter den Lidern, das konnte ich sehen. Und er öffnete sie ein wenig: Sie waren von einem grauen Schleier bedeckt, als hätte er eine Linsentrübung oder geschwollene Kontaktlinsen oder unbewegliche Tränen im Auge. Meine eigene Frage überraschte mich, auch dass ich überhaupt sprechen konnte, schon im Fallen. Ich wusste nicht, welches Gesicht ich aufsetzen sollte, aber durch diesen Nebelschleier konnte er es sowieso nicht erkennen.

Er reagierte, als hätte er mich nicht ganz verstanden, nur eine menschliche Stimme gehört, von Ferne, und als wäre er noch zu sediert, um zu antworten. Das war nicht schlecht, musste ich anerkennen: Zumindest türmten sich an diesem Tag die Gedanken und Sätze nicht in seinem Blick auf, im Mund, in den zitternden Händen.

»Meine Skulpturen?«, fragte er, schloss die Augen wieder, aber die Gesichtsmuskeln waren schon erwacht, sortierten sich, bewegten sich unwillkürlich.

Ich nickte, wollte den Gebrauch von Wörtern minimal halten. Aber ich sagte »ja«, als ich merkte, dass er mich gar nicht sah. Seine Langsamkeit, ich sagte es schon, war ansteckend. Er ließ sich weiter bitten, aber endlich antwortete er:

»In Afghanistan.«

Sein Ton war zurückhaltend. Ihn *Afghanistan* sagen zu hören versetzte mich aber auf der Stelle zurück an jenen ersten Morgen, als er mir zwischen Auto und Auto so viel unkoordiniertes und formloses Zeug herausgespien hatte. Er selbst hatte sich, so sagte es die Radiosprecherin, als *Urheber und Opfer seines eigenen Unfalls* bezeichnet. Was bedeutete das in diesem neuen Szenario? Dass sein aktueller Zustand nur eine weitere seiner *Shows* war, seiner *Performances*, wie Andrew gesagt hatte? Selbst wenn es so war, und da ich nicht nur Sonya, sondern auch Bertrand bin, wusste ich: Sogar wenn wir etwas für uns selber tun, kommen die Ursachen dafür, die Gründe und Einflüsse, die uns antreiben, oft von außen und sind uns ganz fremd. Da ist kein großer Unterschied, ob man nun Opfer oder Verbrecher ist, ersteres ahmt ja letzteres nach: egal ob Vater oder Gott. Ich quittierte Bertrands sparsame Antwort mit einem Nicken: *Afghanistan.*

Einige Kellner fingen an, mit Tabletts im Raum herumzugehen. Kleine Grüppchen, fast immer Paare mittleren oder hohen Alters, kamen durch den Haupteingang. Draußen hatte sich eine lange Schlange gebildet, die bis auf den Platz reichte, bis genau zu der Stelle, wo Andrew den gesichtslosen Chauffeur angewiesen hatte, zu halten. Dass Bertrand im Halbschlaf war, hatte noch einen Vorteil. Ich konnte bei ihm sein und mich zugleich umschauen, ohne dass er sich missachtet fühlte, ohne dass er meine vollständige und übertriebene Aufmerksamkeit forderte. So sah ich unter anderem ein identisch grauhaariges Paar, welches das von den Kopps und meinem Vater gebildete Trio erkannte; sie standen neben einem geschlossenen Piano, das Andrew zu öffnen drohte, wobei er Sonyas kopfschüttelnden Widerspruch zu genießen schien. Ein Kellner, der zwischen meinem und Bertrands Sessel hindurchging, betrachtete meinen schlafenden Kameraden. Er neigte sein Tablett zu mir, Bertrand bot er nichts an, und Bertrand bemerkte es auch gar nicht: Er war nicht mehr hypersensibel, hyperreagibel allem gegenüber, was um ihn herum geschah – Körper, fremde Hände, jede noch so winzige Bewegung –, er bemerkte jetzt absolut gar nichts mehr. Als bestünde die einzige Möglichkeit, ihn in seiner Neigung zu bremsen, sich einzumischen, andere zu missinterpretieren, zu misshandeln, darin, ihn sterben zu lassen, ihn auszuknipsen, das Ende seiner Fähigkeiten zu erzwingen, wie man einen überlasteten Computer zum Herunterfahren zwingt. Er bemerkte meine Anwesenheit, aber wie viel er darüber hinaus sah, weiß ich nicht. Was er überhaupt durch seinen grauen Star noch sah. Vielleicht hatten sie ihn darum hier allein gelassen, ohne elterliche Bewachung: Unter der Wirkung der Beruhigungsmittel stellte er keine Gefahr dar. Ich nahm zwei Gläser vom Tablett, als wäre eines für mich und eines für ihn und tat dem Kellner gegenüber so, als gehöre Bertrand dazu.

»Tatsächlich ist eine Skulptur hier. Sie ist aber versteckt.«

Bertrand sagte das unvermittelt, die Augen gerade so weit geöffnet, um sich zu versichern, dass ich noch dort war, ihm gegenüber, und er sah nicht, dass weitere fünf oder sechs Leute bei uns waren, ganz nah, ohne uns zu beachten, manche saßen auf meinem Sofa, eine Frau streifte mit ihrem Ellbogen ständig mein Gesicht. Ich wollte ihn über diesen Ellbogen hinweg fragen: *Und wo ist diese Skulptur versteckt?* Aber ich sagte nichts. Trotz seiner angenehmen medikamentösen Verfremdung wusste ich, dass nichts, was er sagte, vertrauenswürdig war, gewiss. Vielleicht glaubte er, was er mir sagte, in diesem Sinne war es *gewiss*. Und ich weiß, zumindest das weiß ich: Anders als die Übrigen, die über die Wahrheit Bescheid wussten, log Bertrand mich nie an, auch wenn er sie nicht kannte. Ich gab meine Frage auf. Er lächelte, als verstünde er, warum. Später lernte ich, weil ich es selbst erlebte, dass im Ausnahmezustand Kommunikation nicht entscheidend ist; besser gesagt, dass das Entscheidende dabei nicht die Sprache ist. Ich habe schon das Wort *Liebe* benutzt, und es passt. Jetzt, vor vielen Jahren, beobachte ich, wie mein Vater sich bewegt, reagiert, lacht, gesund und lebendig, dort neben den Kopps am Klavier, er stützt sich auf die gleiche Art mit der Hüfte ab, wie ich mich anlehne. Aber als es mir nicht mehr möglich war, ein normales, vernünftiges, lineares Gespräch mit ihm zu führen, da merkte ich – auch wenn das Anerkennen dieser Unmöglichkeit mir anfangs einen Kloß in der Kehle verursachte und ich nur stammeln konnte –, dass der wahrhaftige Austausch nicht in den Worten lag, im

Dialog, sondern in etwas anderem. Meine Stimme ist auf der Seite dieses *anderen*. Die Kommunikation verstummte, erstand neu in gedehnter Stille, in unmöglichen, unmöglichen, unmöglichen Dialogen, in der veränderten Gegenwart, die mehr ist als das angenehme Summen der Bienen, in den Formen, die mehr sind als Buchstaben, Gefühle ohne schon verfügbare Namen, aber mit Zukunft – und mit Vergangenheit –, und wirklicher als eine klare und gesunde Idee, als ein Satz mit korrekten, verallgemeinernden Verben und Attributen. Musik, Berührung, stummer Humor.

So setzte sich unser langsames und absurdes Gebrabbel fort. An jenem Tag mit Bertrand, Jahre später mit meinem Vater. Ich sage *Gebrabbel*, um nicht Konversation zu sagen, oder Gespräch. Zwiegespräch impliziert ein Ziel, Bedeutungen, die von beiden verstanden und vereinbart sind. Gebrabbel ist etwas Höheres, frei, unparteiisch.

»Ich würde dir die Skulptur zeigen …«, flüsterte Bertrand.

Er lag noch im Sessel, Arme und Beine wie tot. Seine weiße Hose spannte im Schritt: Nicht nur seine dummen Worte zu hören, auch die männlichen Formen in seiner Hose waren mir eine Erleichterung. Hervorragende Eigenschaften: Unter der Kleidung war das schwedische Fotomodell, keine geschlechtslose Schaufensterpuppe.

»Ich werde dir die Skulptur zeigen. Aber nicht einmal dann wirst du sie sehen können. Es sei denn, du hast einen Spiegel. Meine Frau sieht sie, aber ich bin mit Andrew und Sonya gekommen, und sie ist in London geblieben, und die Skulptur …«

Es war noch nicht einmal zehn Uhr morgens. Aber sie dimmten schon wieder die Lichter im Saal. Und auch in mir war Sonnenuntergang, Nacht, Ende. Zumindest Wiederholung.

»Andrew und Sonya sind deine Eltern?«

Ich wusste nicht, auf welchen der unverbundenen Teile seines Satzes ich mich beziehen sollte, darum sagte ich das. Die Frage schien ihn zu verwirren, aber schließlich nickte er und schüttelte mit wachsender und merkwürdiger Energie den Kopf. Wieso hatte ich ihm wieder Futter gegeben? Die Menschlichkeit, die er im Schlaf ausstrahlte, verschwand nun, da seine Augen wieder die meinen musterten, und meine Hände, unsere Sitzplätze, den Saal, der sich mit dem Vergehen der Minuten oder Stunden, ich weiß es nicht, immer weiter mit Beinen und Armen und wohl frisierten Köpfen füllte. Trotz meines Verlangens, mich ihm zu nähern, sein neues Aussehen zu erkunden, wollte ich nicht schuld sein an einem dritten Zusammenbruch von Bertrand Kopp: Ich stoppte meine behutsame Befragung, das fröhliche Brabbeln.

Anfangs war ich zu sehr in das versunken, was in Bertrand geschah – und in mir –, um ihn zu erkennen. Aber jetzt näherte sich ein anderer Kellner, der sich als der aus dem Hotelrestaurant entpuppte. Er sah Bertrand, sprach ihn an, er erkannte uns als die Begleitung der Señores Kopp wieder. Und er fragte uns beide, ob wir noch ein Glas haben mochten. Genau genommen richtete er sich eher an mich als an ihn, als wäre ich die Erwachsene, die Verantwortliche, die Mutter. Er hatte braune Augen, konzentriert und unbekümmert, und gerade Brauen. Dieser junge Mann hatte die peinliche Szene beim Frühstück im Hotel miterlebt, und er fragte sich bestimmt, wer wir waren, außer zufälliger Begleitung, warum wir nach der *Auseinandersetzung* wieder zusammen dort waren, wo die Kopps waren, oder wie sich alles in Wohlgefallen aufgelöst hatte. Fragen, die ich mir auch stellte und noch immer stelle, aber in seinem Gesicht sah ich sie zuerst. Den verlockenden Gedanken, Bertrand zu verlassen und mit dem Kellner aus dem Hotel zu plaudern, sogar zu flirten, verwarf ich, kaum dass er mir kam. Ich erhob mich nur von der Armlehne, um den eiskalten Sekt entgegenzunehmen. Bevor ich mich wieder setzte, fragte ich ihn, was er hier machte, was für ein Zufall.

»Ich bin schon zum zweiten Mal für die Preisvergabe eingeteilt. Fast alle Gäste sind im Hotel untergebracht, so wie ihr.«

Er schien noch etwas sagen zu wollen, mir etwas sagen zu wollen, aber ich ging wieder an meinen Platz, wie durch einen Magnet mit Bertrand verbunden. Bertrand lächelte mich zum zweiten Mal an: In seinem Delirium stellte er sich etwas vor, was ihn dazu brachte, mich mit falscher Freude anzusehen. Und zum zweiten Mal an diesem Tag schien er mir so schön wie ein Engel ohne Sprache und ohne Groll. War Bertrand schön, oder schien er mir nur so, abhängig vom Augenblick, vom Licht, vom Ort, dem Grad seiner Medikation, der Art, wie ich mich jetzt seiner Präsenz erinnere und wie sie auf mich wirkte, wiederum vielleicht, weil ich bei ihm war?

Sobald der Junge vom Service sah, dass ich bei Bertrand blieb, als wäre er mein Sohn oder mein Vater, ging er zu anderen Gruppen im Foyer; allerdings drehte er sich noch einmal um, und dann noch einmal, und ich bemerkte wieder seinen fragenden, dreisten Blick, der mich traf, sobald uns die Menschenmenge nicht mehr trennte, die sich im Rund des sich zunehmend füllenden Saales drehte. Mein Vater hatte Recht. Beim Gesellschaftstanz schauen alle, doch niemand sieht: Gerade weil es so viele Leute waren, Reize, Wörter, fiel niemandem der merkwürdige Zustand der so merkwürdigen Kreatur auf, die matt mitten im Raum verweilte.

Von den geladenen Gästen erkannte ich niemanden. Ich versuchte meinen Vater ausfindig zu machen, oder Sonya, oder wenigstens Andrew. Aber nicht nur sie waren nicht zu sehen: Als ich meine Aufmerksamkeit wieder dem Sessel zuwandte, in dem Bertrand eben noch ganz ruhig, ganz friedfertig gelegen hatte, war auch dort niemand mehr.

Ich weiß nicht, um wie viele Jahre ich in diesem Moment schrumpfte. Auch nicht, wie sehr ich meine Schritte beschleunigte. Er konnte sich nicht in Luft aufgelöst, den Platz im Koordinatensystem gewechselt haben. Das war unmöglich, auch gemäß der vagen Logik meiner Tage mit den Kopps. Ich tauchte in die Menge und glitt an menschlicher Haut vorbei, an altem Geruch, entblößten, eisigen Extremitäten. Draußen war es kälter geworden, und wer hereinkam, musste den Temperaturwechsel wie einen unerwarteten Ofen empfinden. Erleichterung, Schwitzen. Den Kellnern gelang es, in geschlossene, hermetische Gruppen vorzudringen, ohne auch nur die Gespräche zu unterbrechen. Ich in meiner Hektik dagegen teilte die Gruppen in zwei Hälften. Nicht einmal damals hätte ich geglaubt, dass dies zu einem guten Ende führen konnte, aber ich stand auf und suchte Bertrand, wie ich es unter normalen Umständen tun würde. Als hätte ich auf dem Schulhof einen Freund aus den Augen verloren, als würde ich meine Mutter im falschen Haus suchen, als sagten sie, wenn ich durch die offene Tür trat: *Du schon wieder?* Die Tür war immer offen, und einzutreten war immer verboten.

Wenn ich die Augen schließe und jenen Moment heraufbeschwöre, kann ich nicht sagen, dass ich mich allein gefühlt hätte, aber ich war es ganz sicher. Es scheint mir ein Ding der Unmöglichkeit, die Person zu finden oder auch nur zu suchen, die diese Gewissheit entkräften würde, denn sie ist schwer zu fassen, die Konturen verschwimmen und das Herz ist so unscharf wie die Einsamkeit, die ich zeige und verstecke. Zwischen so vielen Kreaturen mit mitleidigen Gesichtern und Körpern, skrupellos tierischen Schuhen und Mänteln suchte ich immer nur ein einziges Lebewesen, auch wenn es verschiedene Namen trug und wie durch Zufall in diesem Moment den von Bertrand Kopp.

Ich hob den Blick zur Decke. Wie merkwürdig, sie menschenleer zu sehen. Niemand trampelte darauf herum, nur die schweren Lampen zogen daran. Niemand fiel auf sie, niemand verschüttete sein Getränk, weil er das Gleichgewicht verlor, niemand grub ein Loch, um im Glauben, einen echten Abgrund zu sehen, zu springen. Aber dort in der Höhe, da war jemand. Dort oben, in einem zweiten Stockwerk mit Blick auf das schwitzige Foyer, lehnte zusammengekrümmt Bertrand an der Balustrade, sein Puppenkopf berührte fast die Decke. Es war das erste und einzige Mal, dass ich ihn sah und er mich nicht, und ohne dass sein Verhalten von meiner Präsenz oder der der Kopps beeinflusst oder vorbestimmt war. Ich durchwühle mein Gedächtnis, meine Erinnerung: Bei welcher anderen Gelegenheit habe ich Bertrand sonst noch allein gesehen, ohne die Kopps um ihn herum? Nie zuvor, und nie danach. Und so sollte es zu Ende gehen, mit diesem Bild – auch der Schein endet so, auch Krankheit bricht auf diese Weise ein –, hätte Bertrand mich nicht entdeckt. Blind sah er mich. Er folgte meinen ziellosen Bewegungen, ohne zu blinzeln, ich grüßte ihn von unten her, und er erwiderte den Gruß mit seinen blonden Augenbrauen, seiner Zentaurenstirn.

Ein wenig wollte ich weiterhin den Einsamen in ihm sehen, den Fernen, Unberührbaren, ein wenig wollte ich aber auch zu ihm, ihn nicht entkommen lassen, ihn vor etwas beschützen: uns gegenseitig vor unserer Unterwerfung schützen.

Als ich schon beschlossen hatte, hinaufzusteigen, legte sich eine Hand kalt und fest auf meinen Rücken. Es war nicht mein Vater, wie ich mir gewünscht und was diese ganze Geschichte verhindert hätte, meinen Aufstieg aufgehalten und meinen endgültigen Fall. Der Kellner des Hotels, schon wieder. In seiner dunkelblauen Uniform. Er wollte mir etwas sagen, aber ich konnte ihn nicht hören und er nahm die Hand von meinem Rücken. Er fragte mich, wie es mir ging, sagte, er habe den Eindruck – ich hörte nicht, welchen Eindruck er hatte, ich war schon im Begriff, die Wendeltreppen hochzugehen, da ergriff er meine Hand.

»Virginia.«

»So heiße ich«, sagte ich, oder fragte ich, ich weiß nicht, warum. Ich kaute auf meinen trägen Worten, meinen langsamen Gedanken. Die Wahrnehmung war wohl intakt. Die Ausdrucksweise verkümmert.

Im Bruchteil einer Sekunde erfasste der Junge mein Kleid, meine Schultern, meine Beine, heimlich wie jemand, der dein Bild in seinem Geist abspeichert, um sich später daran zu erfreuen, allein, ohne dich. Auch er brauchte ein bisschen, um zu antworten, vielleicht hatte ihn meine Verlangsamung angesteckt. Sich herantastend sagte er:

»Das ... ich habe ihn gestern Nacht gehört. Als der Sohn der Kopps ..., nein, zuerst habe ich gehört, wie dein Vater dich gerufen hat. Es war ich, der gestern Nacht an eure Tür geklopft hat, nachdem ich euch bei eurem Brunch gesehen hatte. Ich wollte mich versichern, dass du, … unter dem Vorwand, deinem Vater und dir die Zeit für die Zeremonie heute zu sagen, und die Adresse vom Theater. Dein Vater hat geöffnet, ich habe dich nicht gesehen und war erst erschrocken, aber als ich mich ein bisschen vorbeugte, sah ich entspannte Hände, die vom Fußende des Bettes herunterbaumelten. Ich war das, der an eure Tür geklopft hat, um mich zu vergewissern, dass du da warst, oder dass es dir gut ging.«

»Ja«, sagte ich, ich erinnerte mich an die Szene, die er beschrieb. Sein Mund entspannte sich, jetzt sprach er anders:

»Ganz ehrlich, der Anblick der toten Hände, und das an der Stelle, wo eigentlich die Füße hingehören, der war ein bisschen merkwürdig, aber du lagst wohl einfach verkehrtherum. Es beruhigte mich zu hören, dass dein Vater sich, nachdem er mir gedankt hatte, an dich wandte. Er sagte *Virginia*. Darum … nehme ich an, dass du so heißt.«

Weil er blinzelte, wusste ich, dass er noch immer nicht gesagt hatte, was er mir hatte sagen wollen. Wie wir alle benutzte er die Wörter, um mehr zu verbergen als zu enthüllen. Mir war das bestens vertraut, und ich hatte kein Interesse daran, nun tiefer einzusteigen. Ich schaute zur Balustrade im zweiten Stock. Bertrand war noch dort. Ich kam wieder zu mir. Der Junge aus dem Hotel war auch immer noch da.

»Was hast du vorhin gesagt? Über gestern Abend.«

Bevor er antwortete, sah er mich fest an, als würde er an meiner Aufmerksamkeit zweifeln, daran, ob meine Frage ernst gemeint war.

»Ich sagte, dass der Sohn der Kopps … Gestern Nacht durften wir den Hotelkeller nicht benutzen, sie haben uns hinausgeworfen, als wir dort den Ablauf der heutigen Zeremonie übten. Ich hörte, wie auch er einmal deinen Namen sagte. Virginia. Die Señores Kopp sind mit den ganzen Sachen von ihrem Sohn runtergegangen, ich weiß nicht, was genau das alles war. Es schien alles sehr schwer zu sein: schwere Materialien, Gegenstände oder irgendwelche Werkzeuge. Die beiden«, er schaute wieder, ob ich ihm zuhörte, »die beiden haben gestritten, aber sie sind eine ganze Weile mit ihrem Sohn da unten geblieben. Sie baten mich, ihm ein Glas Wasser runterzubringen. Die Frau hat mich auf der Treppe abgefangen, nahm das Glas und ich konnte nichts sehen. Ich bin wieder hochgegangen und habe mit meinen Kollegen darüber geredet, aber niemand wollte etwas davon wissen.«

»Gut«, unterbrach ich ihn. Auch ich wollte nichts wissen. Er wurde ausschweifend, und ich musste weiter. »Keine Ahnung, was sie da gemacht haben, die Kopps und ihr Sohn. Und ja, ich war mit meinem Vater seelenruhig in unserem Zimmer.«

Vermutlich hatte sich der Ausdruck meiner Augen verändert, mein Kiefer verspannt. Der Junge sah mich an, mit traurigem Unverständnis, oder erschrocken, und ich ertrug es nicht länger.

»Ich habe nicht spioniert, Virginia, wenn es das ist, was ... Denn ich hörte in eurem Zimmer ... Geht es dir gut?«, sagte er, als wäre diese letzte Frage das einzig Wichtige, der kürzeste Weg. Ich sah nach der Treppe, versuchte abzuschätzen, wie viele Stufen es waren.

»Nach einer Weile bin ich wieder in den Keller gegangen, um dort unten die Lichter auszuschalten. Da war niemand mehr.«

Wenn ich dieses Gespräch nacherzähle, dann, weil mir in jenem Moment bewusst war, dass mir niemand diese Frage gestellt hatte, nicht einmal ich selbst. Aber ich mag mich dem Guten nicht hingeben, dem Besseren, Begehrenswerten, wenn es mir nicht bekannt, vertraut ist. Also wies ich seine großmütigen Worte zurück und klammerte mich an die meinen, als wäre ich identisch mit meinem Erscheinungsbild: stark, fröhlich, vollständig. Als wäre es eine Beleidigung, ein Irrtum, zu vermuten, ich wäre nicht, was ich zu sein schien, und dass auf irgendeine Weise in mir andere, höhere Kräfte wirkten. Ich durfte nicht zweifeln oder leiden, durfte nur diejenigen bestätigen, die zweifeln, und die Leidenden heilen. Ich antwortete scharf, grausam, kostete die Ungerechtigkeit aus: Es ginge mir bestens.

Und dann ging ich endlich die Treppe hoch. Langsam. Mir war ein wenig schwindelig, nicht einmal unangenehm, die zahllosen Gläser, die ich in mich hineingeschüttet hatte, was mich noch weiter von mir selbst entfernte, und ich wehrte mich nicht. Mit jeder Sekunde füllte ich meine Rolle besser aus, Selbstsicherheit, Überlegenheit, Ruhe – meine neuen Eigenschaften – wuchsen mir wie zusätzliche Arme oder Beine. Nur so, in erhabenster Selbstkontrolle, konnte ich mich am Handlauf festhalten und die Treppe hochgehen ohne zu stolpern. Die Hintergrundgeräusche schluckten die auf jeder Stufe klackernden Absätze, doch ich hörte sie wie einen schmerzhaften, verdienten Radau. Und so erreichte ich den Gipfel, schwindelig oder nicht, allein oder in Begleitung, egal, denn niemand würde schauen oder hören. Nicht nur unter diesen Umständen, sondern auch wenn die Umstände andere gewesen wären.

VI

Es verging ein weiteres Stück unerhörter Zeit. Aber ich war oben. Genau wie bei unserem Weg vom Theatersaal bis ins Foyer schien jede Szene für sich selbst zu stehen, gehörte in eine neue Zeit und einen neuen Raum, ohne Verbindung. In diesem Gebäude war, wie in meinem Körper, jedes Zimmer vom vorigen getrennt, abgeriegelt. Und sie gehörten mir nicht, meine Zimmer. Sie gehörten den Wünschen anderer, denen des Baumeisters, der mich verwirren wollte, mich blenden, damit ich seine Marionette, seine Schauspielerin würde.

Wir waren immer noch im Theater, in der Stadt im Norden, es war immer noch Februar. Aber in mir waren andere Leute und Orte und Zeiten, und sie bestimmten, nicht ich, was geschah.

Meine neue Bühne war eine quadratische Galerie, kein zweites Stockwerk mit Zugang zu anderen Räumen. Zu meiner Rechten ein Schild mit runden Männchen, die die Toiletten auswiesen. Die Beleuchtung war gedämpfter als im Foyer, obwohl wir uns fast auf der Höhe der Kronleuchter befanden. Wenn ich auf diesem Balkon den Arm ausstreckte, konnte ich die funkelnden, durchscheinenden Kristalle berühren. Genau wie am ersten Tag im Hotel wusste ich: Wenn ich mich streckte und den Oberkörper vorbeugte, würde ich mein Ziel erreichen, mich aber zugleich in Lebensgefahr bringen. Verlagerte ich mein Gewicht nach vorn, würden sich meine Füße vom Boden lösen.

Ich klammerte mich ans Geländer. Vergaß. Und dann wiederholte ich es. Bertrand befand sich in der Ecke mir gegenüber, folgte mit leerem Blick den Neuankömmlingen, dem Tanz der Kellner, den Kopps, winzig von hier oben, elfengleich, ihren Freunden und den ihnen Unbekannten. Er schien niemanden Bestimmten zu suchen.

»B.«

Ich war leise zu ihm gegangen, ohne meine üblichen lärmenden Schritte, ich wollte ihn nicht erschrecken, vielleicht war ja diese Art zu gehen auch einfach nur das raffinierte Resultat meiner Erscheinung: ein Gespenst. Ich fürchtete, er würde weglaufen, wenn er hörte, wie ich näherkam, ihm mit Menschenschritten auflauerte, mit Absätzen und nicht als lautloser Geist. Auch wollte ich, dass sein Insichgekehrtsein so lange wie möglich anhielt. Darum hatte ich innegehalten, mein Erscheinen zum Schweigen gebracht, so sehr ich auch mit Gewalt in seine Einsamkeit platzen wollte, in ihn eindringen.

»Ich habe mir Sorgen um dich gemacht«, log ich. »Wir alle«, korrigierte ich mich. »Wir wussten nicht, wo du steckst.«

Er sah mich an, und da war keine Überraschung in seinen Augen. Ich konnte den Verrückten, den Zurückgebliebenen, den Verwirrten nicht mehr deutlich erkennen, sondern sah jemanden, der mir glich, voller Wünsche und Wirrnis, aber nicht imstande, sich richtig auszudrücken oder für sich selbst zu stehen:

Unser beider Leben und die Gründe für dieses Unvermögen mochten verschieden sein, unterschiedlich ausgeprägt, aber das war egal. Dank dem Lorazepam unterschied sich diese Begegnung mit ihm vollkommen von seinem haltlosen und speichelfeuchten Redeschwall.

»Ich finde meine Mutter nicht«, sagte er guttural, in einer Art tiefem Quieken. Er war ein Mann von vierzig Jahren, oder beinahe vierzig, mit der Stimme eines Erwachsenen und physisch im Vollbesitz seiner Kräfte, und jetzt klang er wie ein Fünfjähriger.

»Wir suchen sie.«

Er antwortete nicht.

»Oder vielleicht ist es besser, wir warten hier oben, bis die Zeremonie beginnt. Ich gehe mit dir. Wir gehen zusammen.«

Er nahm meinen Vorschlag nicht an und lehnte ihn nicht ab. Er beschwerte sich nicht. Hörte er mich überhaupt? Er starrte unverwandt hinunter ins Foyer, aber der Ruhe in seinen Augen und den friedlichen Gesichtszügen nach zu urteilen schien er Sonya nicht verzweifelt zu suchen.

»Nein«, sagte er. »Von hier aus sehe ich alle Skulpturen.«

»Welche Skulpturen?«

»Aber sie lassen sie mich nicht anfassen.«

Da war sie, so etwas wie die Logik in Bertrands neuem Zustand. Vorher waren da vollständige frenetische Sätze, deren Bestandteile *für sich genommen* stimmten, im Zusammenhang mit den anderen Satzteilen aber waren sie absurd. Jetzt antwortete Bertrand nicht auf die Fragen, sondern bot als Antwort an, *den Faden aus seinem Satz vor der letzten Frage wieder aufzunehmen.* Ich verwarf die Möglichkeit eines Dialogs, erneut, und ließ mich ganz auf seine Art der Beziehung ein. Meine Rolle war unbedeutend, aber es ging mir langsam besser als dort unten, in dem anonymen Tumult, dem Gelächter, den tauben und interessanten Gesprächen. Ich weiß nicht, welchen Schutz oder welche Gesellschaft mir Bertrand bot, ich glaubte, ich würde ihn beschützen, doch meine von unsichtbaren Fäden bewegten Knie und Ellbogen blieben in der Nähe seines Körpers, und die Vorstellung, ihn allein zu lassen – *allein zu bleiben* –, drückte mir die Brust zusammen, als sie mir bewusst wurde. Das gleiche Schwindelgefühl wie am Hotelfenster.

Ich beobachtete das Geschehen dort unten. Nicht ein Quadratzentimeter ohne Köpfe, ovale, kahle, wenige rothaarige, vorwiegend aber graue Köpfe. Nur eine kleine Marmorbüste in der dem Klavier gegenüberliegenden Ecke. Eine Frau stützte sich darauf, in einem schönen Lachanfall. Eine andere *Skulptur* konnte ich nirgendwo entdecken. Da waren nur Möbel, Teppiche, Lampen, Spiegel; Menschen und ihre Spiegelbilder. Was für Skulpturen?

»Alle, sieh sie an«, sagte Bertrand. »Alle Skulpturen sind flüchtig.« Er machte eine bewusste, aber nicht unnatürliche Pause. Und ohne sein orakelhaftes Register zu verlassen, sagte er: »Ich werde Sonya finden. Und die anderen.«

Zum ersten Mal sagte er etwas Sinnvolles, Angemessenes. Und plötzlich war ich es, die sich weigerte, ihn in der anderen Welt aufzunehmen, in der unseren, die nur zum Teil auch meine war. Ich wollte uns hier festhalten, in seinem Bereich, wo die anderen nicht eindringen konnten: Auch ich nicht, aber es machte mir nichts aus, dass ich ihn nicht verstand, wenn er mich nur nicht allein ließ, mich nur nicht in das Leben, die Zeit und den Raum von vorher zurückschickte. Was machte mir solche Angst?

Ich nahm seine Hand: Sie glühte, oder war es meine eigene Temperatur, die seine Haut mir bei der Berührung zurückgab? Weder sein hautüberzogener Arm noch seine Wärme waren die eines Automaten oder einer Statue, sondern die eines lebendigen Tiers, frisch geboren, frisch aus dem Ei geschlüpft. Meine Brust begann wieder zu beben, jetzt ohne Schwindelgefühl, Beklemmung oder Angst: Es faszinierte mich, dass dieser Wilde sich wie ein Mensch ausdrücken konnte, ohne dabei die Visionen eines kaputten Roboters aufzugeben. *Die Skulpturen sind flüchtig?* Auch dieser Satz ist mir geblieben. In jenem Moment beeindruckte er mich, auch wenn ich damals noch lange nicht seine Bedeutung erfassen konnte.

Bevor ich Bertrand kannte, hätte ich das so nicht gesagt. Aber immer, wenn ich daranging, eine fertige Erzählung zu überarbeiten, kam sie mir vor wie eine Skulptur: Auch wenn das ganze Material da war, mehr oder weniger, mit Anfang und Schluss, war ihre Bedeutung nicht sicher, bevor sie nicht die richtige Härte, das Gewicht und die Maße eines Steins hatte, dessen Umrisse säuberlich abgeschliffen worden waren, mit Zweifeln und Gewissheiten, über Jahre, und dann bleibt sie, wie ein Bauwerk, schmerzhaft gegenwärtig und kehrt nicht in ihre blinde und glückliche Gestalt zurück. Sie sind eben *nicht* flüchtig, die Statuen: Das Beschwerte, das Nachgeahmte ist da, um zu bleiben und zu widerstehen. Um zu warnen, nicht immer zu leiten, aber stets die Einsamkeit zu lindern. Das glaubte ich jedenfalls damals. Ich merkte, wie seine Hand in meiner bebte – und plötzlich umschloss meine Hand seine geschlossene Faust –, so unwillkürlich, unpersönlich wie bei unserem Frühstück im Hotel. Jetzt allerdings musste er mit einem Zittern kämpfen.

»Nie darf ich sie anfassen, die Skulpturen.«

Zu diesem Zeitpunkt war ich überzeugt – und mein Vater hatte es am Tag zuvor bekräftigt –, dass seine Künstleridentität ein Märchen war. Aber ich folgte ihm nicht nur mühelos, sondern begierig. Ich antwortete, wenn er *wirklich* Künstler sei, müsse er sein Material unbedingt berühren, und niemand könne es ihm verbieten; und außerdem dürfe er nicht zulassen, dass ihn jemand bevormundete oder überwachte. Die Skulpturen gäbe es nur dank ihm. Ich glaubte das selbst, obwohl ich ihn belog. Seine Augen funkelten wie die Kristalle der Kronleuchter, und ich teilte den Schmerz, von dem ich nicht einmal weiß, ob er ihn empfand, aber den ich erlebte, als wäre mein Körper seiner, sein Zittern meines und auch seine Unfähigkeit. Ich ergriff seine freie Hand, legte sie in seine andere, als würde ich ihm beibringen zu beten, seine Finger verflochten sich und meine noch gläubigeren umfingen sie. Ich streichelte sie und drückte sie, mütterlicher, als ich es hätte erfinden können. Wenige Meter von uns entfernt stand eine gepolsterte Bank, die einzige Sitzgelegenheit auf dieser einsamen Galerie. Ich führte ihn dorthin, er folgte mir wortlos, ich setzte ihn ab wie ein Spielzeug, doppelt so groß wie ich. Was unten geschah, was ich mir tagelang voller Ungeduld und Neugier vorgestellt hatte, war mir egal. Auch mein Vater oder die Kopps. Meine Pflicht war es, Bertrand zu beschützen, ihm die Ruhe des Lorazepam wiederzugeben, mich zu versichern, dass es nicht wieder zu einem merkwürdigen Ausbruch kam. Ich musste ihn liebhaben und er musste es wissen. Ich verspürte diese Verpflichtung mit irritierend wohltuender Dringlichkeit, als wäre es ein göttlicher Auftrag, ein Wunder, das einen Körper suchte, und der Regisseur jenes Werks hatte mich auserwählt, mich, zum ersten Mal, als Hauptdarstellerin für das große Finale. Das wünschte ich mir so sehr, dass es mich frustrierte, fast wütend machte, als ich feststellte, dass meine Gegenwart ihn nicht sofort beruhigte, ich, die doch seine Mutter war, seine Tochter, seine Freundin.

Und dann geschah es. Das Wunder.

Denke ich daran zurück, so steckt mein Gedächtnis in meinem Hals: Seine riesigen und kräftigen Hände drückten ihn zusammen, als wolle er die tiefste, am weitesten von der Haut entfernte Vene fassen, meinen Nacken für die mir verbleibenden Lebensjahre verbiegen. Sein von etwas Innerem verzerrtes Gesicht. Seine Kraft, die mich wortlos an ihn zog, mit der gleichen frohen Ekstase, mit der er mir am Tag zuvor die Finger auf dem Tisch festgenagelt hatte, bevor seine Mutter ihn mitnahm, beschämt alle beide, und wir sahen uns nicht wieder bis zum nächsten Morgen. Ich hatte während jener Wartezeit gelitten. Auch jetzt suchten meine trockenen Augen noch die seinen, feucht glänzend, meine eckigen Zähne wehrten sich nicht gegen seine runden, die sich in falsche Stellen meines Gesichts gruben. Ich weiß nicht, wie lange das so ging, aber ich klammerte mich an den Glauben, dass er sich irrte, dass nicht er es war, der in seinem Körper das Kommando führte, dass das, was geschah, nicht der Wirklichkeit entsprach. Was er sagte, sagte er zu laut, und wieder ähnelte es den schrillen Sätzen des ersten Tags, auf der Straße, zwischen den Autos, wo ich ihn zum ersten Mal rettete, bevor ich ihn hasste und dann liebte. Das Gedächtnis versagt an diesem Punkt. Oder es bewahrt mich, im Gegenteil, vor entscheidenden Details. An seine Worte in jenem Augenblick erinnere ich mich nicht, sehr wohl aber an die vom ersten Tag.

Ich weiß, dass ich seinen Namen sagte, zu entwischen versuchte, indem ich etwas stammelte, aber meine Stimme erreichte keinen Empfänger, sie erstickte in seinem Mund, er schien sie mit großem Appetit zu trinken oder einzusaugen. Sie verschwand mit dem ganzen Rest von mir, meinen Augen, Fingern, meinem Leib und meinen Hüften. Und als ich schon dachte, er hätte mich vollkommen verschlungen, musste ich all meine Kräfte sammeln, um ihn fortzuschieben, mit einer Kopfnuss aus mir herauszuwürgen, in einer ungeschickten, peinlichen Bewegung, wenn uns jemand hätte sehen können, so wie ich uns heute sehe, aber der Zorn und die fromme Hingabe, die in mir loderten, gaben mir die Kraft, ihm noch einmal ins Gesicht zu schlagen, auf Höhe seiner schrecklichen Kinderzähne, und dann auf das eingezogene und rundliche Kinn, auf alles, was schön war an ihm. Ich weiß, ich tat ihm nicht weh, er war ja aus Gummi.

Virginia. Meinen Namen mitten in diesem Kannibalismus zu hören bedeutete erst einmal gar nichts. Wir haben keinen Namen, auch nicht, wenn er uns gegeben wird und wir ihn nicht zurückweisen. Aber die Stimme meines Vaters war unverkennbar, ich erkannte sie und wich zurück, hin zu ihr. Noch leichter zu erkennen waren die Schritte und die beschleunigte Atmung von Sonya, die etwas Ungenaues, aber ganz sicher Grimmiges sagte. Sie redete auf mich ein, auch wenn sie auf Englisch blökte und nicht auf Spanisch, und sie sah mich an, eher erschrocken als wütend. Ich weiß nicht, wie ich aussah, oder er. Mit beiden Händen trennte sie mich von Bertrand und umfasste sein Gesicht. Und mit ihm sprach sie dann in einem anderen Tonfall, plötzlich ganz friedlich, professionell.

»B., tut dir was weh? Sprich mit mir, ich bin es, Mamá.«

Mein Vater und ich sahen uns an. Auf Bertrands Gesicht waren keine Verletzungen zu erkennen, nur die Wange war ein bisschen rosig, ein winziger Kratzer. Als er meinen Blick über die schützende Schulter seiner Mutter hinweg auffing, sagte er:

»Nein, Mutter. Das gehört zu meinem ... meinem Theater.«

Seine Augen waren schon wieder trocken. Meine dagegen füllten sich mit Tränen, die ich mit aller Kraft zurückzudrängen versuchte, damit sie mir nicht übers Gesicht liefen und herunterfielen. Sonya drehte sich zu mir um, nachdem sie das gehört hatte, ich glaube, nicht einmal sie konnte die Worte ihres Sohns deuten, aber sie hörte auch nicht zu, denn sie hatte längst entschieden, dass immer die anderen schuld sind, an allem, immer, Bertrand, Norden, Februar hin oder her. Sonyas Zorn, da war ich mir sicher, galt nicht mir, sie ärgerte sich nicht meinetwegen, sondern über ihre eigene Unfähigkeit, Bertrand in Zaum zu halten, oder ihre eigene Ohnmacht: die Unmöglichkeit, ihn zu hüten und zu beschützen, sie ganz alleine, immer wieder – Andrew war natürlich noch immer unten und plauderte mit der Frau mit dem Lachanfall. Zum dritten Mal an einem Wochenende musste Sonya sich mit so etwas auseinandersetzen. Und wie in jeder wiederkehrenden Grenzsituation werden wir ja nicht stärker, sondern bleiben allein. Vielleicht nicht mehr ganz so verstört, aber genauso allein.

»Ich habe Juans Tochter von meinen Statuen erzählt. Ich habe sie an den Händen genommen, um sie ihr vorab zu zeigen, und ich bin gefallen, als ...«

»Du bist betrunken, oder?«, sagte Sonya auf Spanisch zu mir, und unterbrach die Komödie, das Theater, Bertrands spinnertes Gerede. »Wie alt bist du? Ist dir denn nicht klar ...? Begreifst du nicht, dass B. für die Zeremonie ruhig bleiben sollte? Und willst du mir vielleicht sagen, was dieser Anblick soll?« Sie deutete mit steifem Zeigefinger auf meine Oberschenkel. »Wir sind hier bei einem formalen Festakt, tu mir den Gefallen und benimm dich und mach nicht schon wieder Probleme, dort, wo wir Erwachsenen uns darum bemühen, sie zu lösen.«

Jetzt fällt mir die Antwort ein, die Erwachsenen waren es, die Bertrand unbeaufsichtigt gelassen hatten, es war nicht meine Schuld, dass ich so kindlich war und impulsiv wie er; außerdem war Bertrand ein Erwachsener, nicht ich; und niemand hatte mir erklärt, ob er zurückgeblieben sei und aggressiv, nur Künstler, das ja; und es war zu spät, der Zauber lässt sich nicht zurückspulen. Ich sagte nichts, natürlich nicht. Schuld verinnerlichen, das war ich gewöhnt, es kostete mich keine Mühe, und Sonyas Worte taten mir auch nicht weh. Ich wusste ja, nicht einmal sie selbst nahm diese Maßregelung ernst. Bertrand, der Wort für Wort zugehört hatte, wiederholte, dies sei ein »unverzichtbarer Teil der Aufführung«. Niemand beachtete ihn. Warum wollte er mich in Schutz nehmen, wie nur konnte er trotz seiner hoffnungslosen Tumbheit die Komplexität der Situation erfassen? War er schon wieder Urheber und Opfer seines eigenen Unfalls? Mein Vater schwieg, tat aber so, als zöge er ein der Lage angemessenes Gesicht, besorgt, was, glaube ich, nicht gelogen war, aber auch nicht ganz ehrlich. Er war, wie schon gesagt, ein bisschen feige: Brachte sie unerwünschte Konsequenzen mit sich, war er nicht daran interessiert, die Realität zu entwirren. Er war ja nicht einmal ganz bei uns, im oberen Stockwerk: Er stand mit beiden Füßen auf der letzten Stufe, bereit, wieder hinunterzugehen, sobald wie möglich, zurück zu Andrew, ins rettende Gelächter.

Kronleuchter mit funkelnden Tentakeln, Fischgrätparkett, Schlangenlederschuhe, Kamelhaarteppiche, Bärenbrummen von Sonya, Krokodilstränen, meine, Bertrands, ich weiß nicht, wem sie gehörten. Aber jetzt wurde die private Familienkrise der Kopps – eine von denen, wie sie sich ereignen, denke ich, wenn jemand Externes in das Mafiageflecht eindringt, das eine jede Familie ist – von einer anderen institutionellen Krise unterbrochen.

Während sie uns wieder herunterbrachten, wie zwei unartige Kinder, flüsterte mein Vater, der ›Streich‹, den Andrew der königlichen Familie spielen wollte, sei nicht wie geplant gelungen. Ich war untröstlich, dass er überging, was gerade geschehen war, ohne Gerechtigkeit oder Verständnis zu zeigen, beides hätte geholfen; dass er mich nicht mit seinen dünnen Armen umschlang und mich an sich zog, und dass er es, als er es tat, auf kindische Art machte; dass er, wie üblich, etwas erwähnte, das *nicht* mit der Verletzung, dem Komplizierten zu tun hatte, sondern mit dem Kuriosen, Intelligenten, Witzigen, um mich vergessen zu lassen, vor allem aber, um seine eigene Untauglichkeit, mit verwirrenden, komplizierten Situationen zurechtzukommen, zu überspielen. Ich willigte ins Vergessen ein, wie üblich, und schon wieder lächelnd:

»Na sowas, Überraschung.«

Was für eine Überraschung, allerdings, dass Andrews Clownerei nicht perfekt gelungen war.

So waren die Tage mit den Kopps, diese Sorte Zeit, die man, bevor man davon erzählt, wie ein Theaterstück erlebt, eine Art hingenommenen Scherz oder eine gefeierte Lüge, ohne Zukunft oder Vergangenheit, folgenlos, nur mit Szenen, Bühne, Garderobe, Drehbuch.

Vielleicht habe ich darum meine Freude an ihnen, den Kopps, sie gehören in eine andere Sphäre, nicht ins unverändert Wirkliche. Und von der Realität will ich ja sowieso nicht sprechen, denn das hieße ja, sie würde mir etwas bedeuten, als verriete ich sie nicht bei erstbester Gelegenheit, als wäre ich nicht schon als Lügnerin zur Welt gekommen. Dass Bertrands Augen immer noch schimmerten, freundschaftlich, das war diese Gelegenheit. Im Verein mit meiner unscharfen, von Trunkenheit gefärbten Erinnerung.

Im Foyer war niemand mehr. Nur einzelne Leute betraten den Theatersaal noch durch riesige, schwere, kupferfarbene Türen. Ich weiß nicht, wie wir durch diese Türen gelangten, wer in der Lage war, es mit ihnen aufzunehmen, bestimmt Andrew. Einmal drinnen, war die Unordnung so unglaublich wie vorhersehbar, auch das protokollarische Tohuwabohu: ein hitziger Wortwechsel in der ersten Reihe heizte die sowieso schon geräuschvolle Stimmung weiter auf und ließ die anderen Gäste, die ihre Plätze einnahmen, tuscheln. Eine befehlsgewohnte Stimme putzte eine Gruppe Mädchen und Jungs herunter: die Kellner, die Platzanweiserinnen. Wir waren nicht weit von dem Krach entfernt, und ich erkannte das kleine und attraktive Gesicht des Hotelkellners. Sonya schimpfte mit uns dreien, Bertrand, meinem Vater und mir:

»Andrew ... Andrew hat gesagt, das Protokoll sei schuld an der Verzögerung und dem ganzen Durcheinander, das er mit seiner brillanten Idee mit den Sitzplätzen angerichtet hat. Juan, entschuldige. Ich suche jetzt Andrew, und dann sollen sie uns diesen Preis geben, und dann ist hier endlich ein für alle Mal Schluss mit lustig. Verzeih, dass ich dich aus Madrid habe anreisen lassen. Ihr hättet nicht kommen sollen. Was für ein unglaubliches Theater.«

Mein Vater traute sich nicht, etwas zu sagen, ich wusste, dass ihm das alles gefallen hatte, er erwartete keinerlei Entschuldigungen von Sonya. Allerdings konnte er sich – wie ich – vorstellen, welches Elend sie in diesem Moment schüttelte, und konnte so tun, als würde er ihre Gefühle teilen: Sonya, die Mutter, Sonya, die Ehefrau, Sonya, die Frau Doktor, Sonya, die Frau, Sonya, der Mensch, Sonya, das Wesen, Sonya. Er und ich, wir würden an diese Tage, zurück in Madrid, mit der freundlichen Gleichgültigkeit der Glücklichen zurückdenken: Darum machte er den Mund nicht auf und beschränkte sich darauf, mit fügsamen Lippen Sonyas Entschuldigung anzunehmen, das Mindeste, was er für sie tun konnte.

Sie marschierte in die erste Reihe, um ihren Mann zu suchen und um ›ein für alle Mal damit Schluss zu machen‹; ein Ausdruck, der sich komisch ausnahm bei Sonya, sie hatte ihn schon mehr als einmal verwendet, als gäbe es in England diesen direkten, volkstümlichen Ton nicht, als hätte sie die Absicht, ihn zu exportieren, weil er erstaunlich präzise etwas Entscheidendes über sie selbst ausdrückte – ihre Verachtung allem und allen gegenüber.

Und doch blieb, als alles nun *ein für alle Mal* zu enden schien, da noch eine Frage, eine einzige: Warum hatte sie nicht vorher protestiert, als wir unsere Habseligkeiten auf den königlichen Plätzen deponierten, wenn sie nun so aufgebracht war über Andrews impulsive Launen? Zum ersten Mal überhaupt hatte sie auf die neue *Performance* ihres Sohnes Bertrand und, direkt danach, auf die ihres Mannes reagiert, ohne so zu tun, als hätte sie alles unter Kontrolle. Die Antwort fand ich erst später: Sonya versuchte wohl, die Familie zusammenzuhalten, wenigstens dem äußeren Anschein nach, vor allem vor sich selbst. Sie hatte das zweifelhafte Glück dieser beiden Männer: Andrew und Bertrand. Darum ihr weißes Haar über der beginnenden Glatze, die sie glänzend verbarg. Sie bekämpfte ihre Einsamkeit und machte sie gleichzeitig zu einem Teil ihrer selbst, stets an der Seite der beiden, stets auf der Bildfläche, kontrollierend, duldend.

Bei Andrew angelangt, schnappte sie ihn sich, zusammen mit all unseren Sachen, genauer gesagt, ein paar davon. Meine geliebte blaugelbe Tasche, ein Geschenk meiner Mutter, bekam ich nie zurück. Und auch die Königsfamilie bekam ich nur von weitem zu sehen: Sie richteten sich auf ihren Plätzen ein, endlich befreit von verspielten, geltungsbedürftigen Eindringlingen.

Andrews Gesicht leuchtete vor Zufriedenheit, mühsam unterdrückt. Wie mühsam, das konnte sogar ich in meiner Wolke aus Scham und dem Wunsch, zu verstehen, erkennen.

Bertrand? Sie postierten ihn, als wir uns endlich setzten, so weit von mir entfernt wie möglich. Und eine letzte Anomalie harrte noch ihrer Enthüllung, ihres Glanzauftritts, nachdem sich alle einig geworden waren über das, was zu verstehen war. Als die Lichter erloschen und sich die purpurnen Vorhänge öffneten, eine Farbe wie geronnenes Blut, da befand sich dieses dreieckige Teil, auf das ich Stunden vorher einen Blick geworfen hatte, immer noch da, mitten auf der Bühne. Die Fransendecke, die es zuvor verhüllt hatte, lag jetzt allerdings am Boden, und ich konnte sehen, was sie verborgen hatte: zwei längliche Hände, aus weißem Marmor gehauen, die Finger verflochten. Die beiden Hände waren nicht gleich. Eine war eine perfekte Replik meiner rechten Hand – meine Nägel, meine Knöchel –, aber die zweite nicht. Bei-

BEREITS ERSCHIENEN:

120 Seiten
ISBN 978-3-949203-21-3
Auch als E-Book

»Man reißt ein Grasbüschel aus und glaubt, man sei das Kraut für immer los, aber nach einem Vierteljahrhundert wächst Gras derselben Art an derselben Stelle wieder nach.«

Im Sommer 1949 wird ein palästinensisches Beduinenmädchen von israelischen Soldaten missbraucht und ermordet. Jahrzehnte später versucht eine junge Frau aus Ramallah, mehr über diesen Vorfall herauszufinden. Sie ist fasziniert, ja besessen davon, vor allem, weil er sich auf den Tag genau fünfundzwanzig Jahre vor ihrer Geburt zugetragen hat. Ein Detail am Rande, das jedoch ihr eigenes Leben mit dem des Mädchens verknüpft. Adania Shibli verwebt die Geschichten beider Frauen zu einer eindringlichen Meditation über Krieg, Gewalt und die Frage nach Gerechtigkeit im Erzählen.

»Ein außergewöhnliches Kunstwerk, das immer wieder überrascht und fesselt: eine äußerst rare Mischung aus moralischer Intelligenz, politischer Leidenschaft und formaler Virtuosität.«
Pankaj Mishra

»›Eine Nebensache‹ haut einen um. Und das mit voller Wucht.«
Claudia Kramatschek, SWR

»Dieses Buch ist ein Diamant.«
Eva Menasse

Xita Rubert, geboren 1996 in Barcelona, studierte Literatur und Philosophie in Barcelona, Warwick und Paris. Sie promoviert derzeit an der Princeton University und ist als Lektorin tätig. »Die Unordentlichen« ist ihr erster Roman.

Friederike von Criegern übersetzt Belletristik, Lyrik und Theater aus dem Spanischen und ist freie Dozentin für Literatur und Übersetzen. Für ihre Übertragung von Cristina Morales' »Leichte Sprache« erhielt sie 2022 den Internationalen Literaturpreis.

96 Seiten
ISBN 978-3-949203-67-1
Auch als E-Book

Sie sind zu dritt, und in dieser abgeschiedenen Villa hinter hohen Bäumen sind sie die Königinnen: die Gouvernanten. Auf die Erziehung der ihnen anvertrauten Jungen geben sie wenig, lieber lassen sie sich melancholisch durch die hellen Tage treiben. Manchmal zieht es sie zum goldenen Tor, das ihr Reich begrenzt, wo sich, wild vor Verlangen, die Männer drängeln. Erhört werden sie alle nicht, denn hier stellen die Gouvernanten die Regeln auf. Verliert sich aber ein Fremder in den Garten, gehen sie wie im Rausch auf die Jagd, richten den Ahnungslosen unerbittlich zu, mit Küssen und mit Bissen. Und all das vor den Augen des Nachbarn, der die angebeteten Frauen mit seinem Fernrohr auf Schritt und Tritt verfolgt ... Mit Eleganz und dunkler Sinnlichkeit, und durchaus mit subtiler Komik, erzählt Anne Serre in diesem fantastischen Märchen von der Macht der Blicke und von weiblichem Begehren.

»›Die Gouvernanten‹ ist das Kabinettstück der Saison.«
Gregor Dotzauer, Der Tagesspiegel

»Anne Serre ist eine veritable Entdeckung.«
Maike Fessmann, Süddeutsche Zeitung

Die Originalausgabe erschien 2022 unter dem Titel *Mis días con los Kopp* bei Anagrama, Barcelona.

MIX
Papier | Fördert gute Waldnutzung
FSC® C089473
FSC www.fsc.org

Konzeption | Gestaltung: Antje Haack | www.lichten.com
Satz | Herstellung: Büro für Gedrucktes, Beate Zimmermanns
Abbildungen: Einbandvorderseite und Einbandrückseite von akg-images/Science Source
Reproduktion: Frische Grafik, Hamburg
Druck | Bindung: Beltz Grafische Betriebe, Bad Langensalza
Printed in Germany
ISBN 978-3-949203-86-2

de erwuchsen der gleichen amorphen Masse, und eine unterwarf die andere. Das war leicht zu erkennen, aber wegen der Spannung in beiden Daumen war schwer zu sagen, welche Hand nun dominierte, welche sich unterdrücken ließ. Ich hörte Bertrand, wie er mir erklärte, dass er die ganze Nacht an dieser Skulptur gearbeitet hatte: Aber das war unmöglich, er saß doch viel zu weit von mir entfernt, als dass er etwas zu mir hätte sagen können, als dass ich seine Worte hätte hören können, so wie ich sie mir heute vorstelle und wiedergebe. Und dann war es doch auch absurd, wer hätte Bertrand mit einer Skulptur für diesen Anlass beauftragen sollen. Oder nicht? Als ich wieder zur Bühne schaute, waren die Marmorhände verschwunden, jemand mit Mikrophon trat auf, alle applaudierten, es gab sogar verhaltene Jubelrufe. *Die Skulpturen sind flüchtig*, ja, denn wenn sie das Wahre enthüllen, existieren sie nur für einen Augenblick, verschwinden, wenn man blinzelt. Die Gesichter der Kopps, von Bertrand und von meinem Vater waren von orangefarbenen Lampen auf der Bühne erleuchtet. Mein Vater reichte mir die Hand, die mich doch vor nichts beschützen konnte. Ich suchte die von Sonya, nur mit den Augen, und sie gab sie mir, ohne sie zu bewegen, schweigend, nur mit den Augen.